「あっ、久しぶりだね。パトロン、僕のことを覚えてる？」
「ルルか。礼を言っておく。俺が復活できたのはルルのおかげだ」
ルシル
かつて神から人を救った大魔王。現在はただの人となり世界を楽しみ尽くす旅に出ている。
ルルイエ
音楽と芸術をこよなく愛し、空間系魔術と洗脳を得意とする強大な眷属。

剣を抜く、ロロアが鍛えてくれた剣、
それを気と魔力で強化、その上に炎を纏《まと》わせる。
俺は踏み込み。間合いをゼロにする。
刺突。
アダマンタイトの外殻を貫く、そして、
纏《まと》わせた炎を体内に流し込み、
内側から焼き尽くす。

「強くなりすぎです」
「尊敬。もう負けるなんて想像できない」
キーア
酒場きつね亭の看板娘。きつね亭を建て直すため、ルシルと行動を共にする。
アロロア
ロロアによって生み出されたホムンクルス。魂を持たぬはずだが、ルシルとの旅の中で様々な感情が芽生えてきている。

「宣言。私はルシル様に好きに
なってもらうように全力を尽くす」
「私もルシルさんが好きです。
だから、負けません」

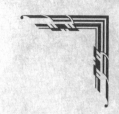

異世界最強の大魔王、転生し冒険者になる 2

The Greatest Demon King in the Other World

AUTHOR 月夜 涙
ILLUSTRATION ヨシモト

CONTENTS

プロローグ――魔王様と新たな眷属

激闘の末、天使サナドエルを倒した。

魔王の姿に戻っていたのだが、その維持が限界だと感じていた。

改めて周囲に探知魔術を行う。

敵はいない。天使サナドエルは仲間を引き連れておらず、このフロアの魔物は一掃されている。

しばらくは安全だろう。

大きく息を吐き、魔王ルシルから、ただのルシルに戻る。

魔力で編まれた魔王服が粒子となって霧散し、使い古された……だが、しっかりと手入れされた冒険者の服へと姿が変わった。

「キーアとアロロアを回収しないと」

二人とも、まともに動ける状態じゃない。

そういう俺も、鉛のように身体《からだ》が重く、さらには魔王に戻った反動が重くのしかかる。

(反動があるとは予測していたが、これほどとは)

俺は魔王だ。

だが、ただの人として生きるために、自らの身体を捨て、ホムンクルスの肉体に魂を移している。

我が眷属にして、神域の錬金術師であるエルダー・ドワーフのロロアはそのホムンクルスの肉体に細工した。

強く、俺が力を望んだときにその肉体を魔王のものに変化させる。

(ただの人として生きていく、そう決めたのに。魔王の力に頼ってしまった……情けない話だ。だが、感謝しよう。ロロアの優しさがなければ、俺はここで死んでいた。俺だけじゃない、大事な仲間もだ)

気を失っている仲間たち。

虎耳をしたちょっとだけ気が強そうな美少女、キーア。銀髪のクールなホムンクルス、アロロア。

我が子とも言える眷属たちと同じぐらいに大切だと思えるようになった、今の仲間。

「さて……二人とも早く目を覚ましてくれるといいが」

二人を大樹の陰に隠しつつ、俺も呼吸を整える。

瞑想《めいそう》・あるいは丹田呼吸法という技術で、周囲を警戒しつつ、身体全体に気と酸素を行き渡らせて、回復力を高める。

魔王に戻ったことで、俺の中に宿る、幾千もの人々の記憶を意識し、より様々な力を引き出せるようになっていた。

我が子らを……神から不要と切り捨てられた魔族たちを守り、無数の光となって散った。

そして、無数の光は我が子たちに宿り、少しずつ力を分けてもらって、千年の時を経て計画通りに蘇《よみがえ》った。

とはいえ、まさか我が子らの記憶・経験を我がものにできるというのはうれしい誤算だ。

何気なく、キーアとアロロアの頭を撫《な》でる。

こころなしか、二人の表情が緩んだ気がした。

◇

三十分ほど経《た》った。

身体はだいぶ軽くなっている。

しかし……。

（弱くなったな）

魔王になる代償は強烈な倦怠《けんたい》感だけじゃない。

ホムンクルスの肉体で魔王の力を振るうには、どこからか莫大《ばくだい》な出力を確保しないといけない。

そのために、魔物を倒して得られた存在の力……すなわち冒険者を強くしている力を差し出す。

つまりは、苦労して鍛え上げた力を燃やすことで一瞬の最大出力を得る仕組み。

体感で言えば、冒険者になってから得られた存在の力、その半分ぐらいは持っていかれた。

今の状態で、魔物が復活すればかなり危うい。

銀髪の少女……アロロアがもぞもぞと動く。

「起動……生体チェック、破損箇所多数、限定条件下での稼働は可能……いくつか、自己修復不可の致命的な損傷が確認される……早急に、ロロア様のラボへ帰還が必要」

虚《うつ》ろな目で、まるで機械のように淡々とアロロアが告げる。

彼女の正体は神域の錬金術師が、魔王である俺の肉体を材料にして作り上げたホムンクルスに、ＡＩを流し込みできた、世界で唯一の人の手によって生み出された命。

変なところで機械っぽさが出てくるが、今ではそれも彼女の個性で魅力のように感じられる。

アロロアが、それもまた決められたルーチンのように周囲の状況確認を行い、それから俺と目が合いお辞儀をした。

「謝罪。ルシル様を守る立場でありながら、私はルシル様に守られてしまった」

「天使相手だ、どうしようもない。それに、アロロアが時間を作ってくれたから勝てた。感謝こそすれ、責めるなんてありえない」

「感謝。質問、極めて危険な状況。ルシル様の戦闘可否を知りたい」

「アロロアが知っている俺から、三割ってとこだな。存在の力を半分ほど持っていかれた……それと、反動で身体が重い。三割がいいところだ」

「把握。まずい、私も天使との戦いでの損壊及びイミテート・ファミリアの反動で身体能力は半減、魔力は枯渇、武装を喪失……まともに戦えない」

「となると、キーアだけが頼りか」

「同意。私たちと違い、おそらくキーアは強くなっている。眷属化によって傷は癒えている。魔力などの消費もない。自力での帰還ができるかはキーア次第」

未《ま》だ眠っているキーアは、俺の知る姿と変わっていた。

虎獣人のキーアは黄色に黒が混じった髪をしていたが、黄色がより鮮やかで金に近い色になり、黒のほうはより艶《つや》やかに。

見た目の変化はそれだけだが、身体に溢《あふ》れる力は今までのキーアとは比べ物にならない。

「だな、あとは……どうせ、あいつらが来ているんだろ？　我が子らの記憶・経験が流れてきて気付いたよ。この千年、あいつらが天使からみんなを守ってくれていた。今回もきっとそうだ」

「肯定。ライナ様が投入されてる」

天狐《てんこ》のライナ、彼女なら単騎でここまで到達できるだろう。

俺の眷属の中でも、純粋な戦闘力なら最強の一人。

条件次第では、ライナに勝る奴《やつ》らもいるが、安定性という点ではダントツと言っていい。

「……だが、あまり悠長にもしてられないな。魔物が復活し始めた」

「疑問。早すぎる、ダンジョンのリソースは食い尽くされたはず」

天使サナドエルはダンジョンリソースを取り込んで、大量の魔物を一気に排出することで、魔族らを殲滅《せんめつ》しようとした。

逆に言えば、それだけ大量にリソースを消費した以上、しばらく魔物が復活できない。そのはずだった。

「推測にはなるが、俺がサナドエルを倒したせいで、奴が取り込んでいた力が、このフロアにばら撒《ま》かれた……だから、こんなにも早く魔物が復活した」

推測と言ったが、間違ってはいないだろう。

しかも、かなり強い魔物が顕現した。

このダンジョンでは、リソースを一体の強力な魔物に注ぐか、たくさんの弱い魔物を生み出すかは状況次第。

今回は一点集中を選んだようだ。

ゾウほどもある巨大な黄土色の兜虫《かぶとむし》。最悪だ。

ただでさえ虫型の魔物、とくに外骨格を持ったものは強い。

虫はその構造上、極めて瞬発力が高い。外骨格は鎧《よろい》のように硬く、急所は少なく生命力に優れる。

絡め手は通じにくく、倒すには圧倒的な火力を上から叩《たた》きつける必要がある。ポケットに入れていた、ロロアフォンⅦが震える。

『タイラントビートル：鋼鉄を凌駕《りょうが》する外骨格。名工の突撃槍《やり》よりも鋭く磨き上げられた角。圧倒的な筋力。巨大な質量。攻撃・防御・速度三拍子揃《そろ》った危険な魔物。同ランクの魔物では最強とも言える。

必殺技：ランスチャージ（角）　※五十センチの鉄鋼板すら貫く、超高速の突進
ドロップ：黄鉄甲虫の外骨格　天上の樹液』

ランクというのは注がれたリソースの量を指す。虫が怖いのは、同じリソースでより強い魔物が生まれるということだ。

俺の予想した通りのスペック。

「アロロア、キーアを抱えて逃げろ」

俺はそれだけ言うと。

前に出る。

無数の経験から、最適解を探す。

分は悪いが、生き残る可能性を見つける。

冷や汗が流れた。

兜虫が身体を沈めた。突進の前準備。

俺はカウンターのために魔術を詠唱し始める。

間に合ってくれ。

兜虫が突進してきた。

あの質量で、音速一歩手前。なんという運動エネルギー。

まともに受ければ、角に貫かれるまでもなくばらばらになる。

しかし、予測していれば対応できる。

カウンターの術式を発動……しようとしてやめた。

後ろから、爆発的な力を感じたからだ。

「ガアアアアアアアアアアアアア！」

それは少女の声で、あまりにも少女には似つかわしくない獣の叫び。

俺を後ろから追い抜いて、兜虫に正対する。

まともに受けるのは愚行としか言えない相手の突進に、そんな真似《まね》をするのは自殺行為。

少女の跳躍は、兜虫の速度にも劣らない。

つまり、亜音速同士のぶつかり合い。人の強度でそんな真似をすればばらばらどころか、弾《はじ》け飛ぶ。

だというのに。あろうことか少女は拳を、よりにもよって一番硬い、名工の突撃槍もかくやと言われる角に叩きつけ、一方的に相手を粉砕し、その衝撃が伝わり、兜虫の外骨格は弾け飛ぶ。

大地に速やかに着地。

一瞬たりとも止まらず、肥大化した爪で兜虫をばらばらにしてしまう。

それから、返り血を浴びて振り向いた。

「あれ？　私、何をしているんですか？」

少女……キーアがきょとんとした顔で振り向いた。

「まあ、なんだ。その、眷属になって初戦闘おめでとう」

「驚愕《きょうがく》。キーア、強い」

眷属になったキーアは生存本能も強化されていたのだろう。

深い眠りに入っていても、命の危機を感じ、自己防衛本能だけでこれだけのことをやってのけた。

一度、キーアのことを調べないとな。

ロロアに頼もう。

超一流の錬金術師であると同時に医者でもある。

キーアの身体を解析できるはずだ。眷属の中には、変化後、体調を崩し治療を必要とするもののもいるので調べておく必要がある。

第一話　魔王様と昔の女

長く伸びていた爪が元に戻っていく。

キーアは手を開いたり、握ったり、あるいは跳ねたり、しゃがんだりせわしなくしている。

「やっぱり慣れないいか」

「はいっ、身体が変に軽くて、あたまがすっきりして、力が湧いてきて。ぜんぜん落ち着かなくて、こんなの初めてです」

その様子はまるで玩具を買ってもらった子供のよう。

気持ちがわからなくはない、突然眷属になったらとまどいもするだろう。

「じきに慣れる。みんなそうだった。眷属になれば、存在そのものが次の次元に上がる。進化とも言っていい。始めは誰もがその力をもてあます」

妖狐《ようこ》から天狐になったときのライナなんてひどいものだった。

あれは戸惑ったなんて可愛《かわい》いものじゃない、暴走と言うべきもの。

強くなれば、その力を試したくなり無茶をする。

そして、多くの場合はその力を使いこなせずに自滅してしまう。

「そうなんですね……ふふっ」

「急に笑ってどうしたんだ？　強くなれてうれしいのか？」

「あっ、いえ、それもありますけど。その、ルシルさんが、憧れの魔王様ルシル様で、私を眷属にしてくれたのがうれしくて」

少々、戸惑う。

俺をかばって致命傷を負ったキーアを救うために、眷属化以外の手がなかった。

あれは緊急措置であり、恨まれても仕方がないと思っていた。

「怒ってはいないのか？　眷属になった以上、俺はキーアにどんな命令を聞かせることだってできる。それに、どんなに言葉を繕っても、完全に人の枠を超えた化け物になったという事実は消えない」

眷属という存在は規格外。

それゆえに、社会の枠内で生きていくのは難しい。

俺の眷属たちは千年もの間、自分の意志とはいえ魔族たちの守護者を務めることになった。

力というのはどうしても義務を伴うものだ。

己が望む、望まないにかかわらず、圧倒的な力を持てば、特別な役割を持たされてしまう。

「それはぜんぜん気にしてません。だって、前にお店に来たライナちゃんとロロアちゃん、二人とももとってもルシルさんのこと大好きってのが伝わってきて、ルシルさんがひどい命令しないってのはわかります」

「……まあ、それはそうだが」

「もう一つのほうですが、ルシルさんは力を持つ方ですよね」

即答できなかった。

俺は魔王をやめて、一般人になるつもりだった……だが、俺の身体は魔王に戻れてしまう。もはや、一般人とは呼べない存在。

「そう、だな」

「なら、私もそっち側に行きます。一人なら、怖いですよ。でも、ルシルさんがいるなら怖くない」

その一言で救われた気がした。

キーアへの罪悪感が薄れていく。

「ありがとう」

「えっと、お礼を言われるようなことぜんぜんないですよ」

「いや、礼を言いたい。そういう気分になった。だから、言わせてくれ」

「その、じゃあ、どういたしまして」

お互い、おかしくて笑い合う。

ごほんっ、と咳払《せきばら》いをする。

これからのことを考えないといけない。いつまでもここでおしゃべりをしていられる状況ではないのだ。

もうすでに、魔物が復活している。あの一体だけじゃなく、次々と魔物が湧いてきても不思議ではない。

「これからどうするかだ。俺とアロロアはまともに戦えない」

「大丈夫です。とっても強くなっている気がするので、私がルシルさんとアロロアちゃんを守ってあげます」

ドヤ顔をして、尻尾がぶんぶんと揺れている。

「否定。爆発的に強くなっているのは間違いない。でも、継続戦闘能力があるかは未知数。進化した今のキーアが瞬発力に特化している可能性がある。……眷属クラスの解析は、設備がないと難しい」

「俺も同感だな」

俺の眷属の中にもそういう奴がいる、一瞬だけなら最強である天狐のライナすら上回る。その代わり、特定条件下でしか戦えない上に、戦闘時間は極めて短い。

キーアがそうでないという保証はない。

「私って、ルシルさんの眷属になったわけですよね？　その眷属にした本人なのに、そういうのわからないんですか？」

「……痛いところをつくな。魔王としての俺なら配下の力ぐらいわかる。だが、今の状態じゃ無理だな」

魔王化しなければ、魔王の力はほぼほぼ使えない。

うっすらと眷属たちとの繋《つな》がりが感じられる程度。おそらく命令は執行できるが、眷属たちに抵抗の意志があれば跳ね返されてしまう。

「そうなんですね。では、どうしましょう？」

「提案。このフロアで待機」

「ああ、それしかないな」

「あの、待っていれば誰か助けに来てくれるんですか？」

「肯定。ライナ様がこちらに向かっている。ロロアフォンⅦが故障しているとはいえ、あの方なら、魔王様との絆《きずな》をたどって見つけてくれる」

「というわけで、無理をせず、魔物に見つからないように隠れつつ、戦闘が避けられない場合のみ、キーアの力を借りよう」

「わかりました！　では、不肖、このスーパーキーアにお任せください」

「なんだ、その、スーパーキーアと言うのは」

「そっちのほうが特別感が出ます」

苦笑してしまう。

まあ、好きにさせておこう。

俺たちはできるだけ、目立たず、なおかつ魔物の襲撃方向が一方向になるそんな場所へ移動していく。

「それと、決めておかないといけないことがありますよね。そう、ルシルさんの呼び方です。魔王様って、お呼びするべきですか？」

その問いに首を振る。

「いや、今まで通り、ルシルにしてくれ。俺はそっちで呼ばれるほうが好きだ」

たとえ、ただの人になりきれていなくても、それでも魔王より、ルシルでありたい。

「わかりました。では、これからもよろしくお願いします。ルシルさん」

「よろしく頼む、キーア」

改めて握手をする。

俺たちはいろんなことが変わった。だけど、変わらないものもある。

少なくとも今はそう思えた。


〜管理者の塔〜

管理者の塔、その最上階にある天使の像が砕け散った。

それを見て、ここに集まった十人の天使たちが動揺する。

天使の像は、それぞれの天使を模したものであり、それが砕けたということは、その天使が消滅したことを意味する。

砕け散ったのは、千剣の天使サナドエルのもの。

彼は戦闘力という点では、天使の中でも指折りであり、いくら廃棄物たちの領域に、裏切りもの、堕《お》ちた天使にして魔王ルシルの眷属がいるとは言っても消滅は考えにくい。

砕け散ったサナドエルの像、その口元が動く。

「まっ、ま、お、う、ルシルは、いきて」

それを最後に灰になって砕けた。

天使たちの動揺がより大きくなる。

魔王ルシルは彼らにとって、あまりにも大きな存在だった。

あの裏切りものは、最古にして最優の天使でもあった。堕天使、天使の力の大半を失い、その権能を失ってもなお飛び抜けた力を持っている。

それが復活した。しかもサナドエルを倒せるほどの力を持って。

お互いの顔を牽制《けんせい》するように見つめ合う。

魔族たちは皆殺しにしなければならない、だが神の威光が届かず、天使の力を制限される汚れた地で、あのルシルを相手に戦うなど自殺行為。

誰かが行かなければならない、だが誰も行きたくない。

ついには、押し付け合いが始まり、罵り合いまで発展する。そして、轟音《ごうおん》が響き、大理石でできた机がへし折られた。

天使の中でも一際美しい少女が拳を叩きつけている。

「見苦しいにもほどがあるわ。これが全知全能の神、その手足のとる態度なの？」

天使たちは馬鹿騒ぎをやめて、羞恥に打ちひしがれる。

その少女は、一人ひとりの顔を見渡し、それからおもむろに口を開いた。

「汚れた地には私が行くわ。魔王ルシルは私が殺す」

可憐《かれん》な少女には似つかわしくない言葉でありながら、あまりにも違和感がなかった。

「おっ、おおう、ラファル様が」

「三聖天のラファル様なら！」

「これで、あの裏切りものも一巻の終わりですな」

さきほどまでの淀《よど》み、怒りを孕《はら》んだ空気は一掃される。

この貧乏くじを引かずに済んだと天使たちは騒ぎ始めた。

そんな中、醜い争いに参加しなかった三人の天使、その中でもっとも貫禄《かんろく》を持った壮年の男がラファルを睨《にら》みつけた。

「ラファル、あれは汝《なんじ》の師匠であり、汝が愛した男だ。殺せるのか？」

その言葉は剣のように鋭い。

天使たちのラファルを見る目に不安と疑惑が混じり始める。

ラファルがルシルに憧れ、恋し、その背中を追い続けたことを誰もが知っている。

千年前に起こった、許されざる失態、魔族たちの逃亡劇『魔王ルシルの反逆』。その際にラファルがわざとルシルを逃がした。そんな噂《うわさ》まで流れていた。

「殺してみせるわ。あれは私が焦がれた熾天使《してんし》ルシルじゃない。神を裏切り堕ちた魔王ルシルよ。私の胸のうちにあるのは怒りと軽蔑と嫌悪だけ」

「ふむ、安心した。では、行くがよい。三聖天ラファルよ」

「ええ、相応の準備をした上でね」

ラファルはその場を後にする。

一人になり、立ち止まり……。

「ルシル」

そう、ぼそっとつぶやき、その唇を撫でた。

第二話　魔王様と里帰り

ライナの到着を待ちながら、身を隠す。

やはり、このフロアには天使サナドエルの魔力が溢れており、魔物が次々に生まれていく。

時折、どうしても逃げ切れなくて戦わざるを得なくなる。

そして、今も。

「ふふっ、なんて弱いんですかっ！」

キーアが笑みを貼り付けつつも、狂気の光を宿した目で魔物に向かっていっては切り裂く。

そして、倒すと即座に次の獲物がいないか探し回る。

ほとんどバーサーカーだ。

（まずいな。思ったより悪影響が出ている）

力に呑《の》まれていると言っていい。

これ以上、戦わせるのは危険だ。

「キーア、そろそろ休んでくれ。俺もだいぶ回復してきた」

「大丈夫です。力がどんどんどんどん湧いてきて、絶好調。この力を何かに叩きつけないとおかしくなっちゃいそう」

「いいから、おとなしくしてろ。……俺に命令をさせるな」

魔王権限を使ってでも止めないとまずい。

経験則でそう語っている。

力に呑まれるとろくなことにならない。

「わかりました」

しぶしぶといった様子で納得し、キーアが戻ってくる。

今は洞窟の中にいた。

「アロロア、ロロアフォンⅦの修理はできたか？」

「否定。試してみたけど無理だった」

天狐のライナが迎えに来てくれてるとはいえ、確実に合流するために通信機を使いたかったのだが、俺たち三人のロロアフォンⅦがすべて故障してしまっている。

アロロアとキーアのものは物理的に壊れているが、俺のは莫大な魔力を至近距離で浴びてショートしているだけなので修理できるかもしれないと期待をしていたが、駄目だったようだ。

「そうか、残念だ」

「追伸。私の銃を一つ修理できた。これなら戦力として考えられる。ただし、弾丸は三発。戦いは一、二度が限界」

「それでもありがたい。これ以上、キーアを戦わせたくない」

アロロアが修理したのは、超大口径のショットガン。連射は利かないが、一発あたりの威力は桁違い。

弾丸が少ないことを踏まえて、アロロアは優先的に修理したのだろう。

「そろそろ、もう一度探すか」

ゆっくりと目を閉じる。

俺はさきほどから五分に一回、ライナとの絆をたどるようにしていた。

近づいてきているのを肌で感じるし、こちらから探れば、ライナにこちらの位置を伝えることができる。

魂と魂の繋がり、そのパスに俺の魔力を流す。

さきほどまで虚《むな》しく、届く前に消えていたのが届いた。

おそらく、ライナはもうこのフロアに来ている。

それを裏付けるかのように、爆発音が響いた。この重低音、間違いない、ライナだ。

爆発音がどんどん近づいてくる。

そして、とうとう、その爆発音の発生源がやってきた。

「やー♪　おとーさん、やっと見つけたの」

金色の髪をした狐耳獣人、天狐のライナ。

もふもふの尻尾をブンブンと回しながら、俺の胸の中に飛び込んでくる。

「世話をかけたな」

「ぜんぜんなのー、おとーさんが無事で良かったの」

すりすりと俺の胸で頬ずりする。

まだまだ子供だ。

歳《とし》を取らなくなると、なぜか見た目に精神年齢が引きずられるようになる。

それは、どの種族も不思議と同じだ。

例えば、数百年生きても若作りのエルフなんてものは何十人も見てきたが、ロリババアなんてものは見たことがない。

「そっか。早速で悪いが、俺たちの護衛を頼む」

「ライナにお任せなの」

ライナがいればもう安全だ。

彼女が遅れを取る魔物など、このような浅い階層には存在しない。

「キーア、アロロア、そういうわけだ。行こう」

俺が声をかけると、アロロアはコクリと頷《うなず》く。

しかし、キーアの様子が変だ。

さきほど魔物と戦っていたときのように、愉悦と狩猟本能が混じった笑みをライナに向けている。

「やー、子虎の分際でライナに喧嘩《けんか》を売るとはいい度胸なの」

「喧嘩なんて売ってませんよ。ただ、美味《おい》しそうだなって……お店で見たとき、そんなに強いだなんて気付くことすらできませんでした」

キーアは俺の思ってたよりずっと重症だ。

力を発散させたいだけじゃなく、力の底を強烈に知りたがっている。全力をぶつけるには相応の力を持った敵が必要。

なにせ、全力を出す前に潰れていては話にならない。

そして、目の前のライナが自分の全力を受け止めきれる……いや、圧倒できるポテンシャルがあると第六感で気付いている。

「別に、遊んでやってもいいの。でも、ここを出てからなの。魔王軍、最強の剣として魔王様の危険をイタズラに増やすようなこと、ライナはできないの」

ライナは子供っぽい容姿と仕草だが、その実誰よりもリアリスト。けっして、作戦目的を見失ったりしない。

「では、ダンジョンを抜けたらお願いします」

「んー、眷属なりたて特有のアレになってるの。先輩として叩きのめして現実を教えてやるの」

「それは楽しみです」

こうして、俺たちはライナと合流し、地上を目指した。

俺の読み通り、サナドエルを倒して溢れた力以外は枯渇して、他の階層はほとんど魔物がいなく、安全に帰ってこれた。

ライナがロロアフォンⅦを操作すると、小型飛空艇がこちらに向かって飛んでくる。

「じゃあ、おとーさん、アロロアちゃん、キーアちゃん、さっさと乗るの。これから、新生魔王軍の空中要塞にご案内なの！」

俺が眠っている間に、眷属たちが世界樹《せかいじゅ》の苗を材料に作った浮遊島。

かなり、興味がある。

新たな眷属であるキーアの紹介がてら、しっかりと鑑賞させてもらおう。

第三話　魔王様と飛空艇

飛空艇に俺たちが乗り込むとぐんぐん上昇していく。

「これ、四人乗りだよな」

「やー、そのとおりなの」

「ロロアフォンで呼んだようだが、これ、無人だったよな？　無人機の開発に成功していたのか」

「何を今更なの。ロロアちゃんの、新たな生命を生み出す研究、その到達点がおとーさんの隣にいるのに」

「……アロロアがそうか」

「そうなの。アロロアちゃんは、魂のないホムンクルスの肉体に、人工知能を宿した存在。そんなものを作れるロロアちゃんが、たかだか飛行機の操縦をするだけの知能を作れないはずがないの」

アロロアを見る。

銀髪の美しい少女は、その実、魂を持たない人の手で作られた生命体。

しかし、そのふるまいは完全に人と遜色がない。

世界で唯一、人の手によって生み出された生命体。それこそがアロロアだ。

「なるほど、無人機の完成か。心が躍るな。兵器としては、有人機より、数段上のものが作れそうだ」

「まあ、そうなの。ロロアちゃんのゴーレム兵団、すっごいことになってるの」

千年前の時点で、ロロアは極めて強力な武器の数々を生み出し、その中には飛空艇や、戦車などが存在した。

飛空艇、それも戦闘に特化した戦闘機の場合は中に乗るものの肉体的な脆弱《ぜいじゃく》さが問題になった。

加速や方向転換を超高速域で行えば、強烈なGがかかってしまう。それに生物が耐えられない。

だから、生物が耐えられるGで収まるように性能を抑えるか、あるいはGを打ち消す機構が必要となる。

前者の場合、性能が低くなる。後者の場合も、Gを打ち消すための機構を盛り込むことにより機体の大型化、それに伴う重量の増加で加速性能及び、機動性の低下、制御系が複雑になってしまう、あるいは余計な術式を盛り込むことによる燃費の悪化など様々な問題が起こり得る。

ようするに、乗る生物の性能がボトルネックになってしまう。

人を乗せるという縛りがないほうがよほど強い機体を作れてしまう。

「ゴーレム兵団は一度見てみたいな」

「絶対、見るのをおすすめするの。ものすごくバリエーションがあるの、近接戦闘特化型、指揮官型、遠距離支援型、索敵機能特化型、空中戦特化型、水中戦特化型、陸戦特化型。凝り性のロロアちゃん、ものすっごいのいっぱい作ってるから」

「凄《すさ》まじいな……それ、ロロア一人で天使を圧倒できないか」

「できると思うの。ゴーレム軍団と真正面からやり合えば、ライナだって危ないの。たぶん、三回に一回は負けるの」

魔王軍最強たるライナすら凌駕するゴーレムたち。

ゴーレムの強みは、いくら壊されても換えが利くことにある。

人は死ねば、その代わりを見つけるのはひどく難しい。強くなるには鍛錬と実戦経験が必要だ。何年もかかる。

だが、ゴーレムの場合は完成した瞬間に、強力な力を振るうことができる。

ただ軍事力で考える場合、人よりも機械のほうがよほど有能だ。

何より、俺は眷属たちのことを家族と思っている。みんな可愛い俺の子供たちだ。

そんな彼らを危険に晒《さら》したくない。もし、すべての軍事行動が機械に任せられるなら、それにこしたことはない。

だからこそ、ロロアの研究には強い興味があった。

そして、ライナすら凌駕しうると聞いてひどく安心した自分がいる。

「模擬戦相手にも困らなさそうだ」

「ライナもよく戦ってるの。キーアの力を測るにもいいかもなの」

話を振られたキーアが振り向く。

「それは駄目です。私、もう、ライナちゃんと戦うことばっかり考えちゃってます。やっぱり、戦うなら、生きてるほうがいいです」

「やー、まあ、キーアがそう言うなら付き合ってやるの。死なないように手加減してやるの」

「そんなのはいりません。全力で来てください」

「んー、そうしてほしいなら戦いで力を見せるの。ぶっちゃけ、今のキーア、ライナが全力を出す相手には見えないの。調子に乗ってるひよっこなの」

ライナの何気ない一言にキーアがイラつく。

殺気が溢《あふ》れ出《で》る。

「その言葉、後悔させてあげます」

「そうなればいいのー。強い眷属は大歓迎なの」

ライナはお姉ちゃん風を吹かせている。

ライナは古参なので、今まで何人もの新入りを見て、育ててきた。

彼女に任せれば安心できる。

「なあ、ライナ。もしかして、あれがお前達の島か」

「そのとおりなの。浮遊島、空中要塞にして、空中都市ヴァルハラ。ライナたちのお家《うち》で、おとーさんのために作り上げた城なの！」

雲の上に巨大な島が浮かんでいた。

魔力を込めて視力を強化、さらには解析魔術を使い、全容を把握する。

おおよそ、全長十キロ超、一つの街がそのまま浮いている。

世界樹の苗を使っているだけあって、神聖なマナに溢れ、それをそのまま浮遊と推進力に変えていた。

さらには、エンシエント・エルフであるマウラの自然魔術による強化と効率化、その上でロロアによる錬金術的な改造といくつもの装置の追加。

大いなる自然と、科学の融合。

そして、その中央には白亜の城がある。

「いいな、実に俺好みだ」

「当然なの、おとーさんのために作り上げたって言ったの。デザインはルルちゃんがやったの」

「なるほど、どうりで」

ルルというのは、歌と芸術を極めた眷属。あの子がデザインをしたのなら、この美しさも納得だし、あの子は俺の好みを誰よりも知っている。

飛空艇が、城に向かって飛んでいく。

「キーア、俺の眷属たちに会わせる。あまり上下関係にうるさくない連中だが、一応新人ではある。挨拶には気をつけろ」

「わかりました。その、ルシルさんの眷属として、恥ずかしくないようにします」

キーアは客商売をやっていたし、根は礼儀正しい。

今は力に溺れて、ライナに喧嘩を売ってはいるが、釘《くぎ》を刺しておけばそう変なことはしないだろう。

(俺は俺で、いろいろとあいつらに伝えないとな)

ただの人として生きるつもりだったのに、眷属たちのつけてくれた保険によって救われ、魔王としての力を振るった。

だからこそ、そのあたりのことはしっかりとしないといけない。

飛空艇が着地動作に入った。

もうすぐ、眷属たちに会える。

そのことをうれしく思う自分がいる。

あの日、別れを告げた。だけど、やはり俺はあの子たちが好きなんだ。

そのことに改めて、俺は気付いた。

第四話　魔王様と至高の錬金術士

ライナに案内されて城の中へと入る。

大広間にはずらっと俺の眷属を中心とした魔族たちが並ぶ。

「知らない顔が多いな」

「当然なの、おとーさんがいなくなってから千年経ったの。ここにいるのは、いずれもよりすぐりの精鋭たちなの」

「ここがヴァルハラなんですね」

「ほう、キーアはここを知っているのか」

「はいっ、とは言ってもおとぎ話程度です。すっごく才能と力があると、天空にあるお城に招かれるって」

「そんなことをしていたのか？」

「やー。天使たちは強いの。ライナたちだけじゃ勝てない。だから、才能ある子たちに声をかけてるの。でも、強制じゃないのー」

才能がある子だけか。

その言葉、それと街の状況から何をしているかを察する。

「呼んだ奴は、二度と地上には戻してないんだろう」

「そのとおりなの、過度の干渉はおとーさんが嫌うの。例えば、ロロアちゃんの錬金術、マウラちゃんの自然魔術が出回ったら文明が進みすぎちゃうの」

眷属たちはそれぞれが圧倒的な力を持つ。

だが、それ以上に恐ろしいのはその影響力。

人々の文化レベルを価値観を変えてしまう。

よくも悪くも世界を変えすぎてしまう。

「つまり、選ばれた者たちだけを集めて、切り離された島の上だけで、文化を進めるってわけだな」

神から祝福を受け、力を与えられた天使たちに対抗するには、なりふり構わず力を求める必要がある。

それでいて、魔族たちに干渉しすぎないでいる。

そんな矛盾を解決するために、隔離された島だけで一切の躊躇《ちゅうちょ》なく、文化を推し進め、技術を磨き上げ、鍛錬を積み重ねて、ただ強くなる。

「やー」

「一つ気になることがある。一度島に来れば、二度と戻れない。よく、そんな条件を魔族たちは呑《の》んだな」

二度と故郷に戻れない。

そのデメリットは大きいはずだ。

「んー、ライナたちのお目に適《かな》う子たちって、みんな力を手に入れるためなら、他はどうでもいいって思う子ばっかりなの。そうじゃないとたどり着けない領域。そういうすごい子たちばっかり集まって、ライナたちみたいなのがいる。それだけで十分だし……こっちに来ればライナたちみたいに完全な不老は無理でも、それに近くはなる」

「まあ、そうだろうな。これだけ大気中に世界樹のマナが満ちている。それに、水だってそうだろう」

恐るべきことに、この十キロを超える浮遊島すべてに世界樹の根が張り巡らされている。

空気だけじゃなく、水をも世界樹の影響を受ける。

それらを常に口にすれば、自然と肉体は強化され、老いを著しく退ける。

おそろしいことだ、とびきりの才能を持つものたちが老いずに鍛錬し続けるなんて。

「これを立案したのは、ドルクスだろう」

俺の右腕だった男にして、竜人《りゅうじん》の老紳士。単体の戦闘力はライナにわずかに劣るが、指揮官としては数段上。

俺が不在時には魔王軍のすべてを取り仕切る男。

「そうなの。ロロアちゃんも感心してたの。技術を推し進めることは一人でできても、発想と気付きは一人じゃ限界があるって。ロロアちゃんのところが一番大所帯なの。研究者とか錬金術師って、それだけやってれば幸せって子が多いの」

千年あったとはいえ、ロロアフォンⅦを始めとしたぶっ飛んだ発明が多かったのは、そういう理由だろう。

基本的に発明品というのは、必要から生まれる。

飛び抜けた存在だと、たいていのことは自分でなんとかできて逆に不便だと感じることが少なく、必要な発明を見落とすことがある。

「俺には過ぎた子たちだ」

そう微笑《ほほえ》み、ライナの頭を撫でる。

そうしていると、俺たちを出迎えた一団の中から、二人が前へ出る。

さきほどまで話題に出た、銀髪で小柄のドワーフ、至高の錬金術師ロロアと俺の右腕、竜人老紳士のドルクスだ。

「魔王様、久しぶり」

「我が君、よくぞ戻られた」

「ドルクスはともかく、ロロアは最近会ったばかりだろうに」

「魔王様がいない日々は長く感じる」

「相変わらず、甘えん坊だな」

「……それだけ、魔王様が好きってこと」

昔からライナとロロアはとくに俺にべったりしていたな。

千年経っても、こういうところが変わらないとは。

まあ、悪い気はしない。

いや、むしろ心地よい。

「他の皆はどうしたんだ？」

「我らはそれぞれ、この地を守るための責務があり、各地へ散っております。呼び戻しているところですが、全員が集結するのは早くて明日になるでしょう」

「全員を集めたのか？」

「ええ、魔王様がいらっしゃったのですから。それに、最後の同胞が生まれたのです。顔合わせは必要でしょう」

「ああ、みんなにキーアを紹介したい」

ドルクスが最後と言ったのは、魔王である俺が眷属にできるのは十三体のみだからだ。

眷属というのは、生み出して終わりじゃない。

魂同士が強く結ばれる。十三というのは俺の魂が受け入れられる限界。

これ以上、眷属を増やせば俺の魂は砕け散る。

もし、新たに眷属を生み出すときがくるとすれば、それは眷属の誰かが命を落としたそのときだ。

「やー、キーアのお披露目は明日だから、ヴァルハラをたっぷり、ライナが案内してあげるの。たくさん、観光名所があるの」

「それはいいな。キーアとアロロアも異存はないだろう？　……いや、アロロアはヴァルハラは見慣れているが」

「否定。ヴァルハラは知り尽くしている。しかしルシル様と一緒に見るヴァルハラは知らない。同行を強く要請する」

「そうか、そう言うならいいか。キーアはどうだ」

「その、私は、それより戦いたいです」

キーアの視線の先にはライナがいた。

「むー、ライナはおとーさんとのデートが先のほうがいい」

俺の腕に絡みついてぷくーっとライナが頰をふくらませる。

ロロアが大きなため息を出した。

「それより優先事項がある。魔王様、アロロア、キーア、三人ともメディカルチェックが必要。魔王様は初の魔王化、身体にダメージがないか確かめたい。アロロアも実戦でのイミテート・

ファミリアは初めて、それどころか限界持続時間を超えてる、壊れているはず。……キーアに関しては完全に未知数」

「それもそうだな」

「同意。疲労、消耗ではなく、私の肉体は損傷している状態」

「あの、私は元気ですよ？」

「元気でも、ちゃんと調べないと駄目。誰一人ストッパーがいない、この三人でパーティを組んでるの不安になってきた」

ロロアがジト目で俺たちを見てくる。

昔からロロアはそうだ。基本、俺も俺の眷属たちもみんなイケイケなのだが、この子とドルクスだけは一歩引いて冷静な意見をくれる。

この子にどれだけ救われたか。

「じゃあ、ロロアの工房にお邪魔しよう」

「んっ、準備はできてる」

「残念なの、おとーさんとのデート」

「それは検査が終わってからすればいい。三人の検査は半日で終わる。それからでも遅くない……というか、私も行く」

「さすがはロロアちゃんなの、速攻終わらせるの！」

「もちろん。任せて」

苦笑しつつ肩を回す。

アロロアは身体が壊れていると言っていたが、俺のほうはとくにそういった自覚はない。

とはいえしっかりと調べてもらったほうがいい。

健康第一だ。世界一の名医に隅々まで調べてもらおう。

第五話　魔王様と壊れたアロロア

ロロアの工房に入る。

「なあ、ロロア。部屋の隅、何かあったのか」

「なっ……なんでもない」

ぷいっとロロアが顔をそらす。

部屋の隅の床がへこんでいた。かなり重いものが置かれていた……そう、まるで巨大な水槽でも置かれていたような痕跡。

「そうか、ならいい」

「んっ。魔王様とアロロアは私が見る。キーアは私の部下が見る。ここでお別れ」

「キーアはロロアが直接でなくていいのか？」

「大丈夫。眷属たちのステータス、能力把握はもう何度もやって、解析術式と解析手順は完璧にパターン化している。だから、私の部下たちなら対応可能。でも、魔王様やアロロアの身体は前例がない。試行錯誤が必要」

言われてみればそのとおりか。

眷属は十三人目、全員分今までチェックしたのだから経験は十分。

それに、ヴァルハラに招いた魔族たちの能力もきっちり確認してきたのだろう。その中で培ったノウハウがあってもおかしくない。

「では、ルシルさん、アロロアちゃん、また後で」

「ああ、能力がわかったら教えてくれ」

「はいっ、強い能力があるといいです」

ないはずがない。

俺の眷属たちは例外なく、それぞれ規格外の能力を持っているのだから。

「いちおー、ライナもキーアについていくの。万が一暴走したときに、鎮圧しないとめーなの」

見かけとは裏腹に、ライナは責任感が強く、思慮深い。

眷属に成り立ては暴走のリスクが常にある。

ライナが側にいてくれれば安心できる。

そうして、ロロアの工房には俺とロロア、アロロアの三人だけになった。

ロロアが様々な魔道具を取り出し、それから口を開いた。

「んっ、準備は万端。いつでも始められる。先にアロロアから見る。簡易解析魔術でもかなり壊れてるのが見てとれる。早めに処置がしたい」

「了解。ロロア様、メンテナンスをお願いします」

「脱いで、全部」

「……りょっ、了解」

まあ、そうだろうな。

アロロアが赤くなって、俺のほうをちらちらと見る。

たとえホムンクルスだろうと年頃の少女だ。恥じらいはある。

俺は後ろを向く。

その様子を見て、ロロアが目を丸くしている。

「驚いた。アロロアが恥じらいなんて感情を獲得するなんて」

「そうなのか？」

「んっ、アロロアは学習型ＡＩ。ようするに必要に応じて学ぶ。恥じらいが有用なケースは存在しない。むしろ、邪魔にしかならない。なのに、それを習得した……驚き。アロロア、どんなイレギュラーによって習得したか回答できる？」

「不可。回答できない。ただ、ルシル様を見てると、不思議と胸がきゅんとなって、そういう感情が湧き上がってきた」

「興味深い。あとで分析する。今は肉体の検査……想像以上にひどい。イミテート・ファミリア。思ったより負荷が大きい、この肉体を破棄して、新たな肉体を作って、アロロアを移したほうが早そう」

「そんなに悪いのか？」

「筋肉の断裂や骨へのヒビ、内臓機能の低下ぐらいは想定してた。それらは全部出てる……でも、それより根本的なところにガタが出てる。……生きているのが不思議なぐらい」

言葉を失う。

アロロアはそこまでの無茶をしてくれたのか。

その無茶がなければ、俺もキーアも死んでいただろう。

アロロアの奮闘があったからこそ、キーアを眷属にできたし、サナドエルに勝てた。

「懇願。今の肉体を捨てたくない。修復を願う」

「その懇願も想定外。それもまた無駄な感情。明らかに効率が悪い、執着という感情」

「質問。ロロア様は、私の変化が好ましくない？」

「それは違う。その無駄や不毛さは人らしい。私の目標は完全な命を作ること。だからこそ、その無駄が生まれたことを喜んでいる。なんとか治す……でも、今のままじゃ治しきれない。スペックが落ちる。……アロロア、もうイミテート・ファミリアは使用禁止。想定以上に負荷が大きい。いや、やるなって言っても意味がない。できなくする」

アロロアの息を呑《の》む声が聞こえた。

イミテート・ファミリア。それは俺の眷属の血を体内に取り込むことで一時的に眷属たちの能力を使用する。

それによって、わずかな時間とはいえ天使と渡り合うことができた。

「拒否。……私は、ルシル様の命がかかった状況なら使う。私が壊れることより、ルシル様の命が大事」

「それは合ってる。アロロアの人格バックアップは定期的にとってる。アロロアが死んでもすぐに代わりは作れる……でも、今のアロロアはそれが嫌なはず」

「肯定。嫌。でも、最後の最後の選択肢を選ぶ自由はほしい」

「……ふう、ある意味失敗した。完全な人を生み出す研究が進んだのはうれしい。でも、恋敵を作ってしまった。そこまで一途《いちず》だと応援したくなる……いい、機能は残す。ただ、親として、そんな欠陥を放置できない。強化する」

その言葉の後に、明らかに人体が発してはいけない音が響く。肉が潰れたり、骨が砕けたり、そうとしか聞こえない音、それに混じってアロロアの押し殺した悲鳴が聞こえる。

振り向きたくなるのをこらえる。

「一通りの処置が終わった、魔王様、もう振り向いていい」

言われた通り振り向くと、いつのまにか現れた粘度のある液体に満たされた水槽にアロロアが入れられていた。目を閉じてぷかぷかと浮かんでいる。

「あれ、大丈夫なのか」

「んっ、自然治癒が不可能な箇所はいっそ完璧に潰して移植。ツギハギだらけになったのを繋がるように調整してから、急速回復カプセルに入れてある」

……だから、あんな物騒な音が聞こえていたのか。

「優しいんだな、新しい肉体に移したほうが早いだろうに」

「アロロアは私の娘のようなもの。娘のわがままを聞いてあげるぐらいの度量はある」

どう見ても、十代半ばの少女にしか見えないロロアがそんなことを言うのだから笑ってしまいそうになる。

「魔王様、相談がある」

「言ってくれ」

「アロロアのイミテート・ファミリアはとても危険」

「ここまでボロボロになるんだからそうだろうな」

「んっ、でもこれはマシなほう。たしかにアロロアは限界時間を超えて使ったせいで、こうなった。でも、今回選んだのは私の血。この身体で使うのなら、もっとも相性のいい血。それでこの様。もし、私以外、ライナやドルクスの力を使えば、たぶんこんなものじゃ済まない」

こんなボロボロな状態を、こんなものと言ってしまうだと？

これ以上になれば、それこそもう半死半生じゃないか。

「なら、ロロア以外の力を使うなと言えば」

「口で言ってもたぶん聞かない。変なところで私に似た。だからわかる。もし、魔王様に危険が迫って、ライナやドルクスの力が必要になったら、死ぬかもしれないとわかっていても使う」

「……なら、どうすればいい？」

「強化する……イミテート・ファミリアなんて力を使えるのは、魔王様の肉体、その一部。具体的には髪を数本、アロロアの身体に組み込んでいるから。アロロアのベースはほとんど私の肉体、それにわずかな魔王様の肉体。だからこそ、魔王様と繋がる眷属の血を取り入れて、力を顕現できる」

「話が見えてきた。なら、より眷属の血との親和性を上げる。つまり、俺の成分を増やすということか」

「んっ、そのとおり」

その答えには疑問がある。

「そんな明確な強化ができるなら、なぜ始めからしない？」

可能であれば、やっていなければおかしい。

「これ以上、魔王様の因子を取り入れれば肉体が崩壊する」

「……そんなの駄目に決まっているだろう」

「物理的に取り込むのなら、拒絶されてしまう。でも、霊的な方法とリンクさせるならいける。つまり、心理的なブロックが外れた状態で体液を注入するなどが望ましい。ただの肉体的な強化はできないけど、それをやりやすいように調整しておく」

「どう聞いても、性行為しか連想できないのだが」

「んっ、端的に言えばそう。だけど注意が必要、心が繋がらないと意味がない。ただの交尾だと破綻する」

いったい何を言っているんだこの子は。

アロロアとそんなことできるわけないだろう。

「顔を見れば、魔王様の考えていることはわかる。でも、アロロアの命に関わること……まあ、その気にならないまま手を出せば、心が繋がらないまま、魔王の因子を受けて壊れるからやらないほうがマシ」

「さっきからどこまで本気だ？」

「全部本気、アロロアの命に関わることで冗談を言わない」

「他の方法はないのか？」

「あるかもしれない。でも、私が今提案できる方法はこれだけ」

「検討する」

ただの先延ばしだが、ここで決めてしまうのは違う気がした。

「んっ、そうしてあげて……さて、これでアロロアの処置は終わり。次は魔王様の番、服を脱いで」

「服を脱ぐ必要があるのか？」

「んっ、当然。ごくりっ」

とても目がきらきらとしているのは気の所為《せい》だろうか。

俺は諦めて、服を脱ぐ。

ロロアの視線が突き刺さる。

「頼む」

「……魔王様の肉体もいいけど、こっちの肉体もいい……もう、完全に魔王様の魂に染まって、魔王様の匂いがする。たまらない」

ちょっと怖い。

ロロアの細い指が俺の身体を撫でる。

「すごい、想像以上に魔王様の魂に肉体が適応して、変質してる。いい意味での予想外。これなら、ほとんど処置の必要がない」

「そうか」

「自己治癒力を強化すればそれでいい。ただ、ちょっと調整しておきたい。調整すれば、もっと魔力循環効率を上げられる」

「なら、任せる」

「任された」

ロロアがいくつもの魔術を俺に使っていく。

さすがは至高の錬金術師、素晴らしい技術。

ただ、一つ思うのが……これ、アロロアのときと違って服を脱ぐ必要ないよな。

……聞かないでおこう。

長生きしていると聞かないでいたほうがいいことがあると知るのだ。

第六話　天狐VS破魔虎

俺の処置が終わり、アロロアのほうもカプセルでの治療が終わると、キーアのもとへ向かう。

どうやら、キーアの解析は終わっているらしい。

そして、俺とアロロアの処置に時間がかかるということで、キーアは先に別の用事を済ませようとしているらしい。

その別の用事とはライナとの試合のことだ。

「待ってくれていてもいいのにな」

「かなりの興奮状態だったから、想定できたこと」

俺たちはライナとキーアの試合を観戦するために急ぎ訓練場を目指す。

俺の眷属たちが全力で結界を張った部屋であり、ライナやドルクスが本気を出して暴れても大丈夫だそうだ。

なにせ、ライナたちが本気を出して暴れれば、この島すら沈みかねない。

実戦を想定した訓練をするには、そういうものも必要だろう。

「警告。凄まじい魔力の高まりを感じる。十分に警戒が必要」

「ああ、俺も感じてる。それより、身体のほうは大丈夫なのか？」

「正常。ロロア様の処置と治療カプセルのおかげで回復した。問題ない」

とくに痛みをかばっている様子もないし、動きも自然だ。

さすがはロロアだ。

あれはもう治療というより、修理と言ったほうがいいかもしれない。

「少しプライドが傷ついた。私が失敗するなんてありえない」

「そうだったな。悪い。ここが訓練場か」

「んっ。でも、この中に入るのはおすすめしない。戦いに巻き込まれる。この魔力の高まりと轟音……ライナは本気の三割は出してる。今の魔王様じゃ危ない」

たしかにそうだな。

この身体では、流れ弾どころか、余波でも死にかねない。

……逆に言えば、キーアはそんな攻撃をライナにさせている。

キーアは眷属になったとはいえ、ライナとは違い、ダンジョンに挑んで存在の力を溜《た》め込《こ》んでいるわけじゃない。正直、まともな勝負にならないと思っていたが、そうでもないらしい。

「でも、悔しいな。見ることもできないなんて」

「その心配はない。鑑賞ルームがある。こっち」

ロロアについていくと、階段を上っていった。

そして、案内された部屋はガラス張りになっていて下の階の様子がわかる。

ただのガラスに見えて材質が通常のものとは違うし、魔術的な強化も施されているようだ。

「なるほど、特等席か」

「んっ。ここで試合を眺めるのは私たちの娯楽。ヴァルハラに連れてきた魔族たちも訓練場と鑑賞ルーム、両方とも使う」

眷属たち以外も、猛者揃《ぞろ》い。

そんな猛者たちの試合を眺めるのは最高の娯楽だろう。

ご丁寧に座り心地のいいソファが用意されていたので腰掛ける。

そして、キーアとライナの試合を眺めていく。

ライナは距離を取りながら、金色の火炎弾を吐き出す遠距離戦。いや、火炎弾なんて生易しいものじゃない。プラズマ化してまるでビーム砲だ。

それに対してキーアは、それをかいくぐっていく。

時には巨大化し強化した爪でビーム砲を弾きながら距離を詰めて、必殺の一撃を食らわそうとしている。

「……なあ、プラズマ化に必要な温度は何度だったか？」

「んっ、条件によるけどだいたい一万度」

一万度というのがどれほどふざけているかというと、鉄の融点が約千五百度程度。その六倍以上。

しかも、ライナの炎はただの炎じゃない。燃やすという概念そのもの。概念系攻撃の対策をしていなければ、どんなものでも燃やし尽くす、そんな規格外。

それを爪で弾くなんてありえない。

つまり、キーアの爪も黄金の炎と同じく概念系攻撃。

「手加減はしているようだが、あれ、いいのか？　受け間違えたら即死だぞ」

「問題ない。あの部屋には、フェルの時間回帰魔術が仕掛けられてる。部屋に入ってから一時間以内なら巻き戻せる。最悪、死んだらそれでいい」

それなら安心だ。

フェルもまた俺の眷属。種族は天狼《てんろう》。トップクラスの魔力・身体能力、そして特殊能力として時間操作を持ち合わせている。

「いいな、俺がいたころにはなかった。ああいうのがあれば、思う存分全力をぶつけ合える」

「あれのおかげで、私たちはより実戦に近い訓練ができて強くなった」

心配ごとが消えて、心置きなくキーアとライナの戦いを見ていられる。

拮抗《きっこう》しているというより、ライナのほうが遊んでいる感じだ。

あれは勝つための動きではない。

言うならば指導している。

相手の強さを引き出すために少し上から頭を撫でているようなもの。

それがキーアに伝わり、苛立《いらだ》ち動きが直線的になっていく。

ライナの顔が落胆に染まり、ため息を出した。そして、真顔になる。

あれは、もう見るものはないと判断したということ。

あと数秒で勝負が決まる。ライナの勝利で。

やはり、くぐった修羅場の数……実戦経験が違いすぎる。

ライナは炎での攻撃をやめて、棒立ちになり、くいっくいっと手招きをする。

見るからに挑発。

その挑発にキーアが乗る。

今までの最高速、音すら超える速度で爪を突き出しての突進。

それをあっさりとライナは紙一重で躱《かわ》して顎をショートアッパーで打ち抜き、キーアは二歩、三歩と歩き、崩れ落ちた。

「やー、おとーさん、見てくれたの？　ライナの勝ちなの！」

ぶんぶんと手を振ってくる。

俺は手を振り返す。

ライナが首をかしげ、怪訝《けげん》な顔をする。

頬を撫でると血が一滴溢れ出ていた。

わずか皮一枚、それだけだがキーアの爪が届いていた。

本来ならありえない。あのライナが完全に躱したと確信した、なのに当たっている。

ライナが凶暴な笑みを浮かべる。

あれは、キーアを認めた表情。

一度は失望したものの、キーアに何か可能性を見たのだろう。

ロロアが顎に手をあて、熟考モードに入る。

「あのライナに一発当てるなんて、信じられない。いったい、どういう能力。早くデータを見たい」

「まあ、もうすぐ本人たちがこっちにくる。のんびり待っていよう」

ライナが気絶したキーアをかついで訓練場を出た。

一分もしないうちにこちらへやってくるだろう。

◇

ライナがやってきて、空いているソファにキーアを寝かせる。

「ちょっとびっくりなの。まさか、こんな素人に傷を負わされるなんて」

「それは私も気になった。キーアの能力は？」

「えっと、魔殺しの爪、あとは身体能力強化系が複数、それに超反応系」

「典型的な脳筋型……でも、魔殺しの爪は極めて希少で、強力」

「やー、そうなの。魔力、存在の力、特殊能力、物理法則を無視したもの全部、全部問答無用で散らしてくるの。ライナの炎すら切り裂くのびっくりなの」

「たしかに、最強クラスの能力だな」

「質問。そこまで魔殺しはすごい能力？　防御には便利でも爪だけというのは不便」

「むしろ攻撃よりだな。いいか、俺たちは極めて防御力が高い、鉄の剣で切りつけられてもろくに傷がつかない。なぜだかわかるか？」

「回答。存在の力、魔力、あるいは能力で強化されているから」

「ああ、そうだ」

俺たちの物質的な材料、カルシウム、タンパク質、脂肪、水、その他。

それらが鉄より硬いわけじゃない。

ダンジョンを潜り、魔物を殺して得られる存在の力、加えて、魔力、あるいは何かしらの能力を使って強化しているにすぎない。

「把握。つまり、キーア様の爪なら、ライナ様やロロア様すら、ただの少女と同じように切り裂ける」

「やー、まあ、そうなの」

「んっ、こっちの防御は剝がすくせに、キーアはしっかり爪を魔力で強化して、鉄すらバターのように切り裂く攻撃力を確保している。究極の剣」

「羨望。とても強い能力、私もほしい」

「じゃあ、キーアの血をもらうといいの。キーアも眷属になった。イミテート・ファミリアの対象なの」

「盲点。寝ているうちに血液の採取をする。この能力は無敵」

無敵と言ったアロロアを見て、ライナとロロアが生暖かい目になった。

アロロアは頭はいいが、まだまだ経験が足りない。

そこまで、魔殺しの爪は圧倒的な能力ではない。

それを教えてやろう。

「ライナ、今の試合、ただ勝つだけならどうした」

「離れて、爆発魔術連打なの。あるいは石でもなんでも、射出しまくって、アウトレンジからぼこる。それであっさり勝てたの」

「失念。魔殺しの爪はあくまで、魔を殺す。物理攻撃までは防げない」

そう、あくまで魔を殺すだけ。

爆発などを引き起こした場合、爆風はただの物理現象。石を射出した場合、石には魔の力など宿ってはいない。

そういう、魔術や能力で物理現象を引き起こす攻撃には極めて無力。

「まあ、キーアの場合、強力な身体能力強化系の能力と、超反射神経があるから、そういう間接攻撃には強いんだろうがな」

「総じて、とても優秀ではあるの。でも、圧倒的じゃない。……ただ、キーアを解析してた子たちが言ってたの。わからない何かがあるって」

「わからない何かか……それが、ライナの頬の傷をつけたと考えるべきだな」

「やー、たぶんそうなの。ロロアちゃん、悪いけど、あとで調べておいてほしいの。あの子たちじゃ駄目でも、ロロアちゃんならわかるかもなの」

「んっ、やっとく。というか、今やる」

ロロアが無数の解析魔術を複数展開する。

魔術の並列発動は極めて高度な技術。

二つですら、そうそうできるものはいない。それだけロロアが規格外だということ。おそらく天使の中にすらこんな技術を持ったものはいない。

「プライドが傷つく。何かあるのはわかる。でも、その何かがわからない」

「すごいの。ロロアちゃんでもわからないなんて。これは期待なの」

「面白がるのはいいが、正体がわからない能力なんて怖いな」

「なるようになるのー」

まあ、そのとおりだ。

戦いの度に考察をして能力を突き止めていくしかないか。

「これで、用事はだいたい終わったの。おとーさんとデートなの」

「キーアが起きたらな」

「じゃあ、叩《たた》き起《お》こすの」

ライナが物騒なことを言っているが好きにさせよう。

脳を揺らして失神させられただけ、強引に起こしても問題ないだろう。

気分が悪ければ、ロロアに治してもらえればいい。

浮遊島ヴァルハラ。

その街並みは正直興味がある。

千年経っても、魔族たちの街はそう大きな変化はない。

だけど、ロロアやマウラ、エルダー・ドワーフとエンシェント・エルフ。

その影響を受け、自重なく成長、発展していった街がどんな凄まじいものになっているのか……少々怖いが、それ以上に興味が勝る。

第七話　魔王様とゲーム

キーアの能力がわかったのは収穫だ。

少々手荒にキーアが起こされる。

「私、どうして……」

「おまえはライナに負けて気を失ったんだ」

「あっ、そうでした。何やってもぜんぜん通じなくて、最後はあっけなく」

キーアが小さくなっている。

眷属に成り立てで、俺のが最強とうぬぼれてあっさりと負けて現実を知ったせいだ。

まあ、若気のいたりはいつだって心を抉《えぐ》る。

「そう落ち込むな、あのライナ相手にけっこういい勝負ができたんだ。もともと、取り込んだ存在の力、その桁が違う」

負けて当然。

手加減で三割程度しか出していなかったとはいえ、それでもかなりライナが有利だったはず。

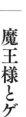

「むう、それは心外なの。わざわざ、キーアと同じ基礎能力になるように調整してたのに」

ライナが裾を捲《めく》りあげると、そこには黒いリングがいくつも巻き付けられている。

あれは罪人用の拘束具。

並の魔族なら一つつけられるだけで、一切の魔術が使えなくなるようなもの。

それが合計十二個。

「あ、あの、それをつけていたってことは、その」

「やー、あの結果は純然たる戦闘技術の差なの。もっと精進するように」

キーアがさらに小さくなった。

きっと心の中に負けても仕方がないというのがあったのだろう。

だけど、実際はちゃんと相応のハンデがあった。

まあ、それでも負けても仕方ないというのは間違っていないが。

ライナは千年以上、鍛錬を続けてきた。それも、自分と同格の眷属たちに囲まれ、規格外の魔族たちをヴァルハラに招いて共に精進して。

そんな相手に、皮一枚とはいえ傷をつけられたのは誇っていい。

「落ち込むな。前向きに考えれば、それだけいい手本があるってことだ。上達するのにもっとも必要なものが目の前にある」

「そうですね。その、ライナちゃ……ライナ様、学ばせてもらいます」

「ライナちゃんでいいの、そっちのが仲間っぽくていいの。キーアは新入りだけど、おとーさんの眷属たち、みんな同格なの」

役職のようなものもあるし、指揮系統は存在するが、それで格付けはしていない。

眷属たちは、組織としての効率化のために必要な役割と、それぞれの格付けは分けて考えている。

例えばだが、指揮官であるドルクス、最強の戦闘員であるライナ。

一般的な軍に当てはめればドルクスのほうが圧倒的に格上になる。

しかし、魔王軍では単純にドルクスは指揮をするのに向いており、ライナは戦闘に向いており、適切な役割が与えられているだけで上下関係はない。

「あの、ではライナちゃんで」

「んっ、私もロロアちゃんでもいい。ただ、魔王様のことをルシルさんって呼ぶのはちょっと気になる」

キーアが困った顔で俺を見てくる。

眷属同士に上下関係はなくとも、俺と眷属の間には明確にそれがある。

「それは俺が認めているからいい。魔王軍では、俺が魔王でキーアは眷属。だがな、冒険者としてはキーアが先輩だし、きつね亭のオーナーで俺は従業員だからな」

「わかった。それなら納得する」

「というわけだ。キーア、今まで通りルシルさんでいい」

「はいっ、ではルシルさんで」

もうこれで慣れてしまったしな。

このまま、続けていこう。

◇

魔王軍からの案内役としてロロアとライナ、そして俺、キーア、アロロアの五人で街を歩く。

「家の材質がわからないな……木でも石でも煉瓦《れんが》でもない」

「んっ、性質としてはコンクリートに近い。名前をマテリアっていう。私が開発した新素材。コンクリートより遥《はる》かに丈夫。防音性能もばっちり。しかも軽い。お手軽に家が作れるのもいい」

「家がお手軽だって？」

「ちょうどいい、あっちを見て」

ロロアが指差すほうを見ると、何やら怪しげな機械が動いていた。

なんと言えばいいんだろう、クレーンとノズルとタンクが組み合わさったような不思議な機械。

それが平地にいきなり、どろどろとした液体を噴出し始めた。

それが積み重なり、あっという間に家の形になっていく。

「なんだ、あれは魔術か」

「動力は魔力、でも魔術っていうより機械。あれは3Dプリンタっていう。自信作、一回設計図を作れば、何度でも同じものができる。家が、十五分ほどで建てられる優れもの」

とんでもない技術だ。

「あれは、家以外にも作れるのか？」

「設計図さえあれば、一体成形型ならなんでも、どんな形でも作れる」

「なら、例えばアロロアが使っている銃の大量生産も可能か？　一体成形型じゃないとできないと言ったが、例えば部品ごとに大量生産して後で組み立てればいい。マテリアと呼んだ素材以外も使えるだろう？　部品ごとに作るなら材料もその都度変えられるはずだ」

「んっ、可能。魔王城にある設備、それから組み立てをゴーレムに任せれば、一日二千丁は作れる」

「恐ろしい技術だな」

銃の強みは、誰が使ってもある程度の破壊力が出せてしまうこと。

中級冒険者程度しか存在の力がないのなら、強力な銃を持った子供でも殺せてしまう。

逆に言えば、誰でも魔物に対する備えを持てる。

「……下界に普及させれば、魔物に怯《おび》えることも……いや、駄目だな」

「私も反対。誰でも、人を殺せる状態っていうのはまずい。まだ、銃を持てるほど人は成熟してない」

銃が持てるほど成熟していない。端的だが、的を射ている。

「やー、おとーさん、そんなのばっかり見てもつまらないの。向こうにゲームセンターがあるの」

「なんだそれは」

「ゲームができるの。面白いの」

ライナに引っ張られるように連れてこられた場所には、無数のゲームと呼ばれる遊具があった。

そのうちの一つに手を触れる。

ゴーグルと呼ばれるものを頭に被《かぶ》せられた。

「なんだ、これは、映像が浮き出して。魔物が出てきた」

始めは平面的だった映像が立体的になってくる。もう目の前に魔物がいるとしか思えない。

「ガンシューティングゲームなの。銃を構えて撃つの！」

形だけは銃だが、どう見ても玩具にしか見えないそれをしっかりと握る。

映像の中の魔物がどんどん近づいてきた。

頭が混乱する、俺はとりあえず言われた通り、ゴーグル越しに見える映像を銃で撃つ。

玩具の銃なのに反動が伝わってきて、映像の中では銃弾が吐き出され、魔物の頭が吹き飛んだ。

これは、なんというか。すごい。

次々と魔物を撃つ。

しかし、魔物の数は多く、あっという間に弾丸が尽きる。

どうやら装塡数は十二発らしい。

「おとーさん、弾丸の補給はシリンダーを回転させるとできるの」

「いや、おかしいだろう。回転させただけで弾が補充されるなんて、魔力弾タイプならわかるが……」

「ゲームだから、突っ込んだら駄目なの！」

戸惑っている間に魔物が目の前にまで近づき、振り下ろされた爪が俺を切り裂く、血しぶきで目の前が真っ暗になる。痛みはないが、かなり動揺する。あまりにも映像がリアリティに溢れている。

もう一度、爪を振りかぶってきた。

俺は舌打ちして、言われた通りシリンダーを回転させる。そして、半信半疑のままトリガーを引く、すると弾丸が吐き出された。

近くの魔物をハチノスにする。

やばい、楽しいし、気持ちいいなこれは。

それからは弾丸が尽きるために リロード、魔物を倒すごとに素早い魔物やら硬い魔物やら、一部を除いて弾丸が効かない魔物やらが出てくる。

そして……目の前に、ファーストステージクリアとでかでかと現れた。

「すごいの、一面とはいえ、初回でクリアするなんて、さすがはおとーさんなの」

ライナが大げさに褒めるものだから少々照れくさい。

「やってみて、わかった。ゲームというのは兵の訓練用だな、安全かつ貴重な銃弾を使わずに訓練ができる。これはいいものだ」

俺の言葉を聞いたロロアが首を振る。

「はじめはその予定だった。仮想現実を利用した訓練機。でも、あっという間にみんな、それが楽しいって気付いて、どんどん面白くする方向に進んで、ただの娯楽になった」

「それでいいのか」

「んっ、訓練は訓練でもっと効率がいい方法を見つけた。遊ぶのも大事。今のは敵を倒すヤツだけど、いろんな種類がある。基礎技術の開発、試作機は私が作った。でも、面白くしたのは魔族たち。これは私にない発想。たまにここに来るけど、その度に驚かされる」

ロロアはどうしても実用性一辺倒なところがある。

逆に、遊ぶ、楽しむために特化したこれらのものから得られるものも多いのだろう。

「キーアと、アロロアもやってみろ。楽しいぞ」

「はいっ、ルシルさんが面白そうなのを見てウズウズしてきました」

「提案。ルシル様、ゲームのなかには二人で遊ぶのもある。一緒に遊ぼう」

「それもいいな。片っ端からやってみよう」

ここにある筐体《きょうたい》すべて、別のゲームらしい。

銃で魔物を撃つゲームは楽しかったが、もっと楽しいものがあるかもしれない。

これはいいものだ。

ロロアが蒔《ま》いた種を魔族たちが育てて出来上がったもの。

感慨深さもある。

「むう、ライナもおとーさんと一緒にやりたいのがある。最近、パズルにハマってるの」

「んっ、私も絶対に魔王様とプリントシール撮る」

「付き合ってやるから、引っ張るな」

こういう優しい時間も悪くはない。

このゲームというもの、徹底的に楽しませてもらおう。

第八話　魔王様と円卓会議

ゲームが終わってからはレストランで食事をした。

そこでも驚きの連続だった。

なにせ、見たこともない調味料、聞いたこともない調理技法。

キーアは熱心に作り方を聞いていた。

ただ、料理に関しては無条件に技術が進歩しているものがいいとは感じなかった。

身近すぎるものだからこそ、食べ慣れたもの、安心感が大事だとも思える。

そして、今はベッドにいるのだが。

「これはやばいな」

ふかふかで身体が沈み込むのだが、ある程度うまるとしっかりと支えてくれる。感覚で、それがもっとも身体に負担がない姿勢だとわかる。

ぐっすり眠れそうだ。

俺はヴァルハラから出ていくつもりではあるが、このベッドだけは持って帰りたい……そんなことを考えてしまった。

◇

翌日、朝から魔王城は騒がしかった。

その理由が、各地に散っていた眷属たちが次々に戻ってきたからだ。

魔王城には眷属以外にも魔族たちがいて、彼らにとって眷属たちは憧れらしい。

ヴァルハラの招待に応じるのは、己をひたすら高めることを望むものが多いが、眷属たちへの憧れからという者も多い。

俺は朝食をとって一人で魔王城を探索する。

そうしていると、ばったりと青い髪の少女に出会ってしまった。

「あっ、久しぶりだね。パトロン、僕のことを覚えてる？」

「ルルか。元気そうだな」

僕が一人称だが輝くばかりの美少女、種族は異界の歌姫ルルイエ・ディーヴァ。音楽と芸術をこよなく愛する少女ではあるが、空間系魔術と洗脳を得意とする強大な眷属の一人でもある。

「おまえだろう。やたら美化した俺の伝説を広めたの……歌と詞に、ルルのセンスが見え隠れしてる」

「あはっ、気付いてくれたんだ。うれしい。魔王様を称《たた》える、あの歌は渾身《こんしん》の出来なんだ。だって、魔王様が目覚めるまでの千年間、語り継がれないと駄目だったからね」

おそろしいのが、その千年。俺が魔族たちを救ったあの日から今日まで俺の為《な》したことを偉業として広める歌が、変わらず親から子へと伝承され続けていること。

どんな壁画や、どんな歴史書よりも、素晴らしい歌というのは後世に伝わっていく。

だから、千年経っても俺のことを魔族たちは覚え、感謝してくれている。俺が復活できたのも、魔族たちが俺のことを思い続けてくれたからというのもある。その思いが千の粒子になってばらけた俺へ力を届けてくれた。

心、想《おも》い、願い、それらは魔術において非常に重要だ。

「礼を言っておく。俺が復活できたのはルルのおかげだ」

「やだっ、そんな、いきなり真正面に来られたら照れちゃうじゃん」

ルルがもじもじと人差し指同士をくっつける。

「感謝はしている。感謝はしているんだがな……やりすぎだ。美化しすぎだろう。あれは」

「うん？　僕、嘘《うそ》は言ってないよ。全部、魔王様がやったことを歌にしたし」

たしかに、民に伝わる歌で描かれたすべての出来事に心当たりはある。

俺がやってきたことだ。

「演出過剰にもほどがある。それと、俺はあんなくさいセリフは言ってないからな」

「それはまあ、メロディに合うようにちょっと手を加えたり、ちょっとだけ意訳入ったりね」

「限度があるだろう！」

あの歌を聞かされたとき、かなり気恥ずかしかった。

そして、悲しいことにあの歌を知らない魔族はおらず、口ずさんで歩くものにすれ違ったり、演劇になったり、これでは羞恥プレイだ。

「あはは、それぐらい我慢してよ。そうじゃないと、きっと千年も残らなかったと思うし、そういうののほうが受けがいいんだよ」

「そう言われると責められないじゃないか」

「うんうん、それとね。パトロンは美化美化言うけどね。僕の目からはそれぐらいかっこよく見えてるよ」

いたずらっぽい目で俺の顔を覗《のぞ》き込《こ》むとそのまま背を向けた。

「また、後で会おうね。パトロン」

「ああ、また後でな」

つもる話はまだまだあるが、そろそろ会議の時間だ。

キーアのお披露目会、俺が遅れていくわけにはいかない。

◇

会議室の中央には巨大な円卓があった。

十四席用意された円卓、俺の十三の眷属のためだけに用意された、円卓。

懐かしいな。

こういう机を昔も使っていた。

結局、俺はその席を埋める前に死んでしまった。

復活して、ようやく十三人揃えられたなんてな。

十三人目の顔を見ると、末席で小さくなっていた。まあ、そうだろうな。

俺の功績が歌や物語で伝わっているように、俺の眷属たちもまたありとあらゆる伝説を残している……というか、現在進行形だ。眷属たちは最小限の干渉はしているようではある。

それこそ、極度の災害や大飢饉《だいききん》など、そういう人の手ではどうにもならない事態にあらわれてはさっそうと解決していく。憧れられないはずがない。

「では、司会は私が務めさせていただく。よろしいかな、我が君、それと皆々様」

竜人の老紳士ドルクスが仕切る。

それに反論などあるはずがない。

悲しいことに、俺の眷属たちのほとんどは個人主義者で、こういう仕切りができるものがいない。

ドルクスの他にはエンシェント・エルフのマウラぐらいだろう。

「ごほんっ、では今日の会議を始めさせてもらいましょう。第一に、ロロアの処遇についてです。ロロアは我が君の命令に背いた。ただの人として生きたい。そう願った我が君に渡したのは、一般人程度の肉体……に見せかけた特別なもの。やりようによっては我が君の肉体すら凌駕する。これは裏切りに他ならない」

ロロアに視線が集まる。

ロロアは全く動じないでいつもの無表情だ。

「ロロア、なにか反論はありますか？」

「んっ、ない。バレれば殺されることは始めから考慮して実行した。魔王様が、アレに隠された魔王化の力を使うときは、それを使わないと魔王様が命を落とすとき。魔王様の命を救えたのなら、ここで処刑されても、私は満足」

ロロアは罪を受け入れるとだけ言った。

セリフだけ聞けば、人によってはどうせ殺されないと高をくくっている。むしろ魔王である俺を救ったのだから責めるなと主張している、そう取るかもしれない。

だが、付き合いの長い俺たちにはわかる。本当に心の底から、俺を救って死ぬのなら本望だと、ロロアが言っていることに。それがわかるからこそ、俺の取るべき行動は一つ。

「みんな、聞いてくれ。ロロアは俺の命に背いた。だが、それは俺が無謀なことをしているのを心配してのことだった。……恥ずかしい話だが、まさか神の箱庭から切り離したこの島にまで天使を送り込むなど想定もしていなかった。ロロアの機転がなければ、命を落としていただろう」

もし、本当にただの一般人の身体なら、俺はサナドエルに殺されるか、あるいはアロロアとキーアを見殺しにして逃げるしかなかった。

三人とも無事に済んだのはアロロア、キーア、二人のがんばりとロロアの用意してくれた肉体のおかげ。

「ならばこそ、処刑などはしない」

「ふむ、我が君よ、それは甘すぎるのではないですかな？」

「ほう、ドルクスよ。俺の教えを忘れたか。俺を盲信するな、自分の頭で考えろと。俺も間違いは犯す。俺の間違いを正せるのは、俺の手足にして愛《いと》しい子である、おまえたち眷属だけだと」

それは、眷属たちが俺を神聖視したことに危険を感じて、かつて口にした言葉。

主君が何を言おうと、頷き、従う。それは一見すると美しい忠誠心に思えるのかもしれない。

だが、そんなものはただの思考停止。

真に主を思うのなら、主の過ちを正すべきだ。

「ふむ、覚えてますぞ。我が君の言葉、何一つもらすものか」

「であれば、ロロアの処罰を取り下げても問題あるまい。たしかにロロアは俺の命に背いた。だが、自分の頭で考え、主の過ちを正せという命を守った……ゆえに、俺にはロロアを責められない。むしろ、感謝をしているよ」

俺がそう言った瞬間、周囲に安堵《あんど》の空気が立ち込めた。

みんな心の中ではロロアのことを心配していた。眷属たちはみんな家族なのだから。

「では、ロロアのことは不問にいたしましょう。次の議題です。ついに十三人目の眷属が現れました。自己紹介をしていただきましょう。キーア、皆様の前で名乗りなさい」

まるで、油を差してないブリキ人形のような固い動きでキーアが立ち上がる。

「ひゃっ、ひゃい、えっ、その、わっ、わたしは」

ガチガチで見ていられない。

「キーア、眷属たちのことは店の客だと思え」

俺の言葉を聞いたキーアの表情が少しだけ柔らかくなる。

それから彼女は大きく深呼吸をした。

「私はキーアと申します。種族は、破魔虎というらしいです。身体能力と反射神経の強化に特化していて、特殊能力で【魔殺しの爪】を持っています」

【魔殺しの爪】と聞いて、一部の眷属たちの表情が変わった。

超希少で、超貴重な能力。反応するのも当然だと言える。

異界の歌姫、青い髪の美少女、ルルが手を上げた。

「ルル、発言を許可します」

「ねえ、ライナとの模擬戦で、ライナに一太刀浴びせたって本当かな？」

「あっ、はい、ほっぺたにちょっとだけです。それに、ライナちゃんは、いっぱい、拘束具つけて、私と同じ力になるようにしてくれてました」

感心する声があがる。

ライナの強さは誰もが知っていた。ライナならば相手の力を全部引き出そうと、勝ちにこだわらない戦い方をするだろうということは皆わかっている。

それでもなお、ライナに傷をつけたことは称賛に値する。

「頼もしいですな。皆、新たな仲間を歓迎してやりなさい。では、最後の案件。我が君よ、今後はどうされるのですかな？　その肉体が魔王に変化できると知ってしまった。キーアが眷属になり、こちら側の存在になってしまった。これまでと一緒というわけにはいきませぬ」

それもそうだ。

俺は意識的に魔王になろうとしなければ、人よりも成長しやすいだけの冒険者になれる。

だが、キーアはもう完全に規格外になってしまった。人の社会にいてはいけない。

「俺の希望をまず言おう。今まで通りにしたい。俺は、俺自身に誓う。天使どもに相対したとき以外に魔王の力を使わないと。……問題はキーアだ。彼女と旅をしたい。彼女は、彼女の母親を治療する薬を求めてダンジョンに挑んだ。……それを、俺が眷属にしたせいで諦めさせるのは忍びない」

彼女には切羽詰まった事情がある。

人じゃなくなったから、母親を救える方法があるのに、何もせずに母親を見殺しにしろだなんて言えない。

「それは……難しいですな。我ら眷属たちが、人の世界に影響を与えることは最小限に。これは、我が君が決められたこと。我らはそれを守ってきた。キーアだけが特別扱いというのは、納得できぬものも多いでしょう」

「そうなの！　ライナだっておとーさんとダンジョン探索したいの」

「そうだね、僕も許されるなら下の世界でやりたいことがたくさんあるし」

まっさきにライナとルルが反応する。感覚派筆頭の二人だ。

さて、どうしたものか。

折れるわけにはいかない。キーアと共にダンジョン探索するのは絶対だ。

だが、かつて俺が定めた過度の干渉をしないというルールを撤回していいものか？

その答えを出す前に、エンシェント・エルフのマウラ。金髪に翡翠眼《ひすいがん》のエルフとは思えないほど豊満な肉体を持った少女が手を挙げる。

「あの、その件ですが、眷属であってもその力を封じれば人々に悪影響を与えることはないと思います。私とロロアちゃんで作っていたものがあるんです」

「んっ、一時的に眷属の力を封印、その代わり、存在の力を多く吸収できる薬。魔王様の新しい肉体を擬似的に再現する薬」

「あー、そんなのがあるならなんで黙ってたの！　ライナ、それ使っておとーさんのところへ行ったのに！」

「んっ、ライナがそうやって飲ませろと騒ぐのが目に見えてたから。魔王様の今の肉体の再現を行った。一度飲めば、一年近く、眷属の力を引き出すのに制限がかかる。魔王軍の最大戦力にそんなものを飲ませられるわけがない」

「むー、むー、むー」

「材料の問題で一つしか作れないってのもある。キーアは一番の新入り、一番存在の力がない、存在の力を吸収しやすくする薬は彼女に使わせるのが適任だと私は考える」

ライナとルルあたりは不服そうな顔をしているが、他のみんなは反対する様子はない。

「ふむ、では我が君は天使と相対したとき以外に魔王に戻らない。キーアは薬で眷属の力を抑えることで、今まで通り下界で冒険者をすると」

誰も口を挟まない。

マウラが微笑んで拍手をすると、みんなそれに便乗する。

「では決定ということで。これで議題は終わりです。そして、堅苦しいのも終わりですな」

ドルクスがぱんぱんぱんっと手を鳴らす。

すると扉が開いて、次々にごちそうと酒が運ばれてきた。それもひと目でわかる超高級品。

グラスがそれぞれの前に用意され、極上のワインが注がれる。

「ここから先は歓迎会、みんな思い思いにバカ騒ぎするといいですな。では司会として最後の仕事を……乾杯」

「「「乾杯」」」

グラスをぶつけ合う。

ドルクスはもう、俺は知らないとばかりに座った。ここからは司会はしてくれないらしい。

俺のもとに眷属たちが集まってくる。

みんな、俺と話したくて仕方ないらしい。

いいだろう、付き合ってやろう。俺がいない千年で積もった話、全部は聞けないが、それでも可能な限り聞いてやろう。

それが、俺のいない千年の間、魔族たちを守る。何より、俺を思い続けてくれた彼らへの礼だ。

第九話　魔王様と帰ってきたきつね亭

宴《うたげ》から抜けてベランダに出る。

少々飲みすぎた。夜風が恋しくなってしまった。

みんな、本当に楽しそうに飲む。

「ルシルさんって、みんなに愛されているんですね」

どうやらキーアも俺と同じく風にあたりたくなったようだ。

「まあな、俺にはもったいない子たちばかりだよ……キーアも含めてな」

「そんなことないです。ルシルさんがいい人だから、いい子が集まるんです。そういうものです。客商売をずっとやってた私が言うんだから間違いありません」

妙に自信満々のキーアがおかしくて、微苦笑してしまう。

「そうか、キーアがそう言うのならそうなんだろう……こうして、あいつらと話していると、俺の居場所はここじゃないかって思えてしまうよ」

「それもいいと思います。ルシルさんは魔王様ですから」

「まあな。だけど、まだまだ俺は、我が子らの作った世界を見足りない。ただの人が作り上げた世界を楽しみ尽くしたい。ここに戻ってくるのはそれからだ」

そう言った俺の裾をキーアが摑《つか》んだ。

「あの、そのときは私も一緒でいいですか？」

「もちろんだ。キーアが一緒にいてくれると心強いよ」

「そっ、そうですか。なら、ずっと一緒です」

キーアの手にこもる力が強くなった。

「そろそろ向こうへ戻ろうか。今日はキーアの歓迎会だ。いつまでも主役が留守にするわけにはいかないだろう」

「はいっ」

二人で騒がしい輪の中に戻っていく。

今日は思いっきり呑もう。

◇

翌日、みんなで朝食を楽しみ、それから、一人、また一人と仕事のために各地へ散っていく。

そして、俺たちも。

「世話になったな」

「んっ、また来て」

「ここは我が君のために作られた城、いつでもお戻りください」

「私もみんなもずっとお待ちしております」

「むう、ライナもおとーさんと一緒に行きたいの」

ヴァルハラ常駐組の四人。

エルダー・ドワーフのロロア、竜人の老紳士ドルクス、エンシェント・エルフのマウラ、天狐のライナがそれぞれに別れの言葉を送ってくれる。

「気が向いたらまた来よう。下界の街だけじゃなく、ヴァルハラもしっかりと楽しまないとな。ここもまた、俺の子らが作った街だ」

ロロアたちがこくりと頷いた。

眷属たちの影響を大きく受けたとはいえ、魔族たちが作った街に変わりはない。

俺が救った子らの世界を楽しみ尽くすことを目的にするのであれば、ヴァルハラも楽しみ尽くさねば嘘になる。

「おとーさん、飛空艇《ひくうてい》の準備ができたの。それと、ロロアフォンの新型、全員に配っておくの」

「ありがたい。助かるよ」

「次は壊さないように気をつけます」

「感謝。これはまさか噂の」

「んっ。ロロアフォンⅧ、いろいろとパワーアップしてる。飛空艇を呼ぶ機能がデフォルトで追加。通信距離もだいぶ伸びてる、それでいて消費魔力は八割に。さらにさらに防御力も大幅に上昇。魔王や天使クラスの魔力波を受けても大丈夫にした」

「それはすごいな」

ただでさえ、ロロアフォンⅦの機能を使いこなせていなかったというのに。

がんばって覚えよう。アロロアならあっという間に習得するだろうし、彼女にいろいろと教えてもらおう。

飛空艇に乗り込む。

アロロアがなかなか来ない。

何があったのかと様子を見ると、ロロアに何か吹き込まれて、顔を赤くしていた。

先日、俺の因子を取り込んでパワーアップするという、あのぶっ飛んだ提案を思い出した。

……あれ、本気でやる気か。

だがまあ、一応筋は通っているし、アロロアの性格を考えると、無茶を止めるより、無茶をしても大丈夫にするようにしたほうが効果的。

それはわかる。

わかるのだが……。

「ルシルさん、どうかしたんですか？」

「いや、なんでもないよ」

これはさすがにキーアには相談できない。

一緒に居て確信したが、間違いなくキーアはこういうことには疎い。

なまじもてすぎるからこそ、男性と距離を取る習慣ができてしまったのだろう。

「きつね亭、無断で休んじゃったな」

「ですね。まあ、一日ぐらいなら大丈夫でしょう。それよりマサさんたちに心配させちゃっているでしょうね」

マサさんというのは、きつね亭で雇っている料理人だ。

初老の男性で、キーアのことを本当の娘のように思っている。

ダンジョンに潜ったまま、帰ってこなければ、たいていの場合、最悪の想定。つまり、ダンジョンでの死を想像してしまう。

「早く帰って安心させてやらないとな」

「はいっ。でも、どうしましょう。ヴァルハラに呼ばれたなんて言えないですし」

「うまい言い訳を考えないとな」

「はいっ」

そんな話をしていると、ロロアとの話を終えたアロロアも乗り込み、全員が揃い、飛空艇がオートパイロットで飛び立つ。

この飛空艇、恐ろしいことにまったく揺れない。快適そのもの。

アロロアが俺の目の前にやってくる。

そして、よくわからないポーズを取る、胸と尻を突き出して、右手は頭に、左手は腰に当てる。

「うっふーん」

そしてひどく棒読みで、うっふーんと言った。これを口に出した奴を見るのは初めてだ。

「なんだ、その……大丈夫か？」

心配の声を掛けた瞬間、アロロアの顔が真っ赤になる。

「羞恥。死にたい。学習、こと恋愛において、ロロア様の助言はまったく役に立たない。ロロア様のは机上の空論。実戦経験がない。信憑《しんぴょう》性ゼロ」

あまりにもひどい言い様だ。

ロロアが聞いたら泣くぞ。

「その、まあ、面白かったしいいんじゃないかな」

いつもクールで、無表情なアロロアが羞恥に染まった顔で、ちょっとだけ泣きそうな顔をした。

それがあまりにも可愛くて、胸にぐっとくるものがある。

悩殺作戦は大失敗だが、結果的には大成功かもしれない。

……ここまでロロアが計算していたら驚愕だ。

「懇願。忘れてください」

「努力はする」

アロロアが席につく。

窓の外を見る。

いい景色だ。

きつね亭に戻ったら、いろいろと料理を作ろう。かばんの中には、食材がたっぷり入っている。

相応にうまい物が作れるだろう。


～天使ラファル視点～


今まで天使たちが失敗した理由は一つ。

神の箱庭から切り離された忌まわしい地では神の祝福を受けられず、天使の力を十全に振るえないこと。

千剣の天使サナドエルはその欠点を補うべく、天使と同じく神の遺産である神の塔、その力

を吸収して戦った。それはいいアイディアだと思う。

だけど、一度使った手、ルシルなら、最古にして最優の天使なら対策してくる。

だから、考えた。

神の祝福を彼の地でも得られる手段を。それを実行する際に、サナドエルの足跡が役に立った。

サナドエルがあの地に潜入できたのは、海底の奥深くを通ったからだ。

あの鬱陶しい眷属たちの目も、深海までは届かないらしい。

だから、海底を通りなおかつ神の祝福を届ける。

そういう作戦を立てた。

「天使ラファル様、また奴隷が死にました。この作業は危険すぎます」

「それでもやりなさい。ここで散った命は、きっと神の元へ召されるわ。だって、神のためだもの」

ラファルの作戦、それはなんと神の祝福が溢れるこの地から、海底ケーブルを繋ぎ、ケーブルから神の祝福を供給することで、彼の地でも天使の力を振るうというもの。

あまりにも壮大で無謀な計画。

だけど、不可能ではない。神の祝福を受けながら作業できるのだから。

（思ったより不甲斐《ふがい》ないわね。最悪、私を含めて天使たち自ら作らないといけないかもね。心

の準備はしておきましょう）

これが完成すれば、もはや天使の力を失ったルシルや、その眷属になど負けるはずがない。

あとはどれだけ慎重に、ばれずに作業を終えられるか。

今、確実に私はルシルを追い詰めている。

必ず、ルシルに後悔させてやらないと。

あの日、私の手を取らなかったことを。謝らせて、それから天使に戻ると言わせてみせる。

だって、それが唯一、私がルシルと一緒にいられる方法だから。

第十話　魔王様と新メニュー

きつね亭に戻ると、マサさんに怒られた。

かなり心配をかけてしまったそうだ。

なにせ、サナドエルが引き起こした事件は大きな騒ぎになっており、かなりの死亡者も出ているようで、俺たちもそれに巻き込まれたと思われていたらしい。

「マサさん、悪かったな。怪我《けが》をした知り合いを送り届けたら、泊まっていけと言われてな」

「辞退するのも失礼な感じだったんです。ごめんなさい」

キーアと話して、言い訳はこういうものを用意してある。

マサさんも納得してくれて、それ以上聞いてこなかった。

「それにしても、マサさん。ちゃんと仕込みをしてくれていたんだな」

「そら、するさ。お嬢がいつ帰ってきてもいいようにな。つっても、材料は倉庫にあったストックしか使ってねえけどな」

当たり前のように言っているが、冒険者みたいな死と隣り合わせの仕事で、オーナーが戻ってこなかったら見限るのが普通だ。

仕込みなどをしても無駄になる可能性が高い。真面目に仕事をするどころか、それこそ退職金とばかりに店の財産を持ち逃げしてもおかしくない。

「ありがとうございます」

「頭をあげてくだせえ。お嬢のことは女将《おかみ》さんに頼まれてますんで」

彼は間違いなくきつね亭の財産だ。

人材というのは何ものにも代えがたい。

「ただ、問題が。仕込みは済ませたつったが、倉庫の食材だけじゃ、物足りなくてな。普通の肉を仕入れようとも考えたが、そいつはきつね亭らしくない」

キーアの店、きつね亭はダンジョンで得た材料を使う料理を出すのを売りにしているのだ。

「そっちは大丈夫だ。十分、材料はある」

サナドエルとの戦いの中でリュックは破棄したが、途中で野営用に作った即席ハウスの中には持ちきれない素材を保管しており、どうせならと帰り道に確保してある。

大量に得られたキラー・ホーネットのハチミツ、ローヤルゼリー、それにホーン・ボアのイノシシ肉（並）、他にもラビットキッカーの兎肉《うさぎにく》（並）。ポイズン・マタンゴのキノコ（並）などなど。

材料は十分にある。

「こいつを使った料理なら、今から仕込んでも間に合うな」

マサさんが材料を見て、職人の眼でメニューを考える。

「イノシシ肉（並）が大量だな。こいつは今日の日替わり定食にしましょうぜ。メニューはスパイスを揉《も》み込んだ、揚げ物にしましょう」

日替わり定食というのはだぶついた材料を使う代わりに、ちょっぴりお得な値段で提供する。注文比率が高いので、素早く大量に調理できるものでないと駄目だ。

その点、揚げ物はいい。

「じゃあ、俺は兎肉（並）とキノコ（並）、それからハチミツを使って面白いものを作ってみようか」

試してみたいものがある。

兎肉の特徴は、高タンパク質、低脂肪。鶏肉《とりにく》よりもさらに軽やか。

とても美味しい肉なのだが、きつね亭の客層にはこのままではマッチしない。

とくに昼の客層だと、そういう上品なものよりも、わかりやすく脂が強烈で味が濃いものが求められる。

なにせ、ほとんどが肉体労働者だ。

だからこそ、作ってみたいものがある。

腕の見せ所だ。

「じゃあ、若旦那に、そっちは任せるぜ」

「なんだ、その若旦那っていうのは」

「嬢ちゃんを娶《めと》るんだろう」

「ちょっ、何言っているんですかマサさん。私たちはそういう関係じゃないですっ」

真っ赤になってキーアが訂正する。

キーアの言う通り、そういう男女の関係とは遠い位置に俺たちはいる。

「そうかい。まあ、いいや。じゃあ、ちゃっちゃと残りの仕込みをやりますかねぇ」

「では、ルシルさん、マサさん、厨房《ちゅうぼう》は任せますね。アロロアちゃん、行きましょう」

「了解。今日は念入りに掃除する」

キーアとアロロアがホールのほうに行く。

マサさんのほうはもうイノシシ肉の仕込みに入っている。

じゃあ、俺もやるとしよう。

(淡白な兎肉をうまく仕上げるならシチューだな)

脂がないことを補うために、揚げるっていうのは一番単純な手ではあるが、ただでさえ日替わりがイノシシ肉の揚げ物だ。かぶるのは避けたい。

それに、脂肪が少ない淡白な旨味《うまみ》というのは欠点ではなく兎肉の長所。だからこそ、それを脂で塗り潰すような真似をしたくない。

脂に頼らない濃厚な旨味を作り上げる。

（シチューの中でも、きつね亭特製デミグラスソースをたっぷりと使って贅沢《ぜいたく》に仕上げる）

きつね亭には、特製デミグラスソースが存在する。

今日もしっかりとマサさんが仕込んでくれていた。

それを半分ほどもらう。

これだけでも十分うまいが、そこに水を足し、これでもかとキノコを突っ込む。

具沢山で歯ごたえが面白くなるし、キノコはいい出汁《だし》がたっぷりと出てくれる。

煮詰まってくると、そこにハチミツを加えて甘味を足す。

そうすることでより美味しく感じられる。

「まあ、こんなもんだな」

「兎肉の料理なのに、兎肉を入れないんですかい？」

自分の仕込みが終わったマサさんがこちらの手元を覗き込んできた。

「兎肉は、脂肪分が少ないから煮込むとぱさついてしまう。だから、注文を受けるとこうやって」

俺は蒸し器に下ごしらえを済ませた一口サイズの兎肉を入れる。

そして、火が通り切る寸前に取り出す。

そこに熱々のシチューをかけていく。

最後の火入れはシチューの熱さだ。

「味見してくれ」

「……ほう、こいつはいい。くせのない兎肉だから、シチューの旨味とも喧嘩しない。濃厚ではあるが、脂っぽくないからするする入るし、満足感もある。何より、しっとりとした兎肉の食感が面白いし、噛《か》んでると旨味が流れでてくる」

兎肉というのは、脂肪分が少ないが旨味成分が少ないわけじゃない。だからこそ脂に頼らないことで、その旨味をしっかりと味わってもらう。

「この兎肉、蒸してるだけじゃなくて塩を揉み込んでる。いい工夫だ。身が締まっているし、この塩みがあるおかげで、煮込んでなくとも違和感がねえ」

「気付いてくれたか」

食感を優先して、煮込まないためソースとの一体感がない。

この料理はどちらかというとシチューというより、蒸し兎肉のデミグラスソースかけというのが正しい。

塩味をつけて、兎肉自体に味付けをしておくことでソースとの親和性を高めている。

「とても旨い、いい料理ですぜ……ただ」

「ただ？」

「手間がかかりすぎですな。特別メニューだから文句は言いませんが、レギュラーメニューなら、こんな提供前に毎回蒸す、それも火入れに気を使うようなのは出せませんぜ」

「うっ」

たしかにそれはある。提供する側にとってシチュー系料理には大きなメリットがある。温めればすぐに出せるというオペレーションの楽さだ。

すぐに提供できるということはお客様を待たせず満足度を上げられる。店としても回転効率が上がって万々歳。

しかし、今回の料理は手間がかかりすぎる。

「俺もまだまだだな、旨くすることばっかり考えてしまう」

「まあ、それでいいじゃないんですかねぇ。特別メニューはそういうもんでしょうよ。まあ、わしがこいつを通常メニューにするとすれば、兎肉をできるだけ薄くスライスしておいて、シチューを温めて出すときに、さっと入れて火を通すって感じですかね。そりゃ、蒸すより旨味は抜けますが、こっちのが早い」

「そうだな。それがいい」

どちらが旨い？　その質問なら明らかに俺が今作ったほうだろう。

ある程度分厚いほうが兎《うさぎ》の食感と淡白な旨味を堪能《たんのう》できる。

だが、商品として正しいのはマサさんのほうだ。

きつね亭は高級レストランではない。

多くの客を招き入れる大衆店なのだ。

何事もバランス感覚が必要、値段と速さと味のバランス。

まだまだ俺には勉強が必要だ。

マサさんのもとで学ばせてもらおう。

ホールから、キーアが顔を出す。

「そろそろ店を開けますよ。厨房の準備はできてますか？」

「あいよ。いつでもいいですぜ、お嬢」

「俺も問題ない」

「じゃあ、今日も気合を入れていきましょう。きつね亭、開店です」

ホールにキーアが戻ると大量にお客様がなだれ込んでくる。

昨日の臨時休業は客足の低下には繋がらなかったようだ。

ひっきりなしに注文が入ってくる。

さあ、今から厨房は戦場だ。

全力で挑ませてもらおう。

第十一話　魔王様は再びダンジョンへ

ようやく今日の営業が終わった。

マサさんは帰り、俺たち三人だけになり、夕食にする。

「あっ、これ、今日のシチューですよね。いい匂いがして、気になっていたんです」

「疑問。シチューはだいぶ前に品切れになったはず」

「ああ、俺たちの夕食にしようと三人分だけ残していたんだ」

「ぐっじょぶですっ！」

「称賛。私も興味があった」

俺も味見をしたものの、しっかりと一人前食べてみたかった。

絶妙な火加減に仕上げられた兎肉をたっぷりと濃厚なデミグラスソースにからめて口に運ぶ。

「我ながらいい出来だ」

「ほんとっ、美味しいです」

「同意。美味」

「これ、脂あんまり使ってないのがいいですね」

「もともと、きつね亭のデミグラスソースは脂をあまり使ってないしな」

デミグラスソースには店の個性が出る。店によっては脂身たっぷりの切り落としを入れたりするのだが、きつね亭では赤身肉と野菜を中心に作ってある。

だからこそくどくならない。

「はいっ、美味しいのにさっぱりして女性に喜ばれそうです。カロリーがあまり高くないのも素敵です」

美味しそうにぱくぱくと食べていく。

「別にキーアはカロリーなんて気にしないでいいだろう」

「気にしますよ。ダンジョンに潜ってる日は、むしろたくさんカロリーほしいですけど、お店の日に脂っぽいのを深夜にぱくぱくしてたら太っちゃいます」

「そうか？」

「そうなんです。……うちのお母さんがそうでしたから。昔はほっそりしてたんですけど、ある年齢を超えると一気に……たぶん、私もそうなります」

たぶん、そうはならないだろう。

眷属たちは、自然と戦闘に適した体型で固定される。ライナとかルルとか、信じられない量を食べるのだが、太っているのを見たことがない。

「まあ、気をつけてくれ。ちなみに兎肉のカロリーは豚や牛の半分ぐらいだな」

「そう聞くとますます美味しいですっ」

なんにしろ気に入ってもらえたなら良かった。

「質問。ルシル様、次のダンジョン探索はどうする？」

「それだが、本気で奥の階層を目指そう。早く、キーアの母親を治す薬を手に入れたい」

「ありがたいですけど、理由があるんですか？」

「俺は天使を一人消滅させた。向こうも本腰を入れてくるかもしれない。そうなってくると、ダンジョンに挑む時間がなくなってしまう。その前に薬を確保しておきたい」

偽りない本心だ。

「うれしいです。では、お願いします」

「了解。私の武器もロロア様に新調してもらった。かなりの性能アップ」

「問題は俺がどれだけ弱くなっているかだな。前の魔王化で溜め込んだ存在の力、その半分を持っていかれたしな」

「私が守ってあげますから」

「否定。ルシル様を守るのは私の仕事」

この二人なら生半可な敵程度なら、問題にならないだろう。

次のダンジョン探索、それなりに無茶をしてみようか。

そんなことを考えながら、俺は残ったシチューを食べ終えた。

◇

今日はダンジョンに潜る日だ。

俺の装備は一新されていた。

今まではキーアの父親、そのお古を使わせてもらっていたが、おしゃかにしてしまった。

代わりにロロア製の装備を身にまとっている。

「性能が良すぎてズルをしている気になるな」

軽くて、極めて頑丈。材質がロロアの研究によって生まれた、下界側では存在自体が認識されていない不思議金属。

剣のほうも、軽く振るだけで鉄が斬れるような、魔剣。

「似合ってますよ。それに、強いのはいいことです」

「それもそうか。それと、キーア、すまないな。大事な父親の形見を壊してしまって。ロロアたちに修復を頼んではいるが、厳しいと聞いている」

「あっ、それはいいんです。ちゃんとルシルさんの命を守って散ったのなら、お父さんが私に残してくれた意味があるって思えるから」

キーアはいい子だ。

恨み言の一言でも漏らしてもおかしくないのに。

「アロロアちゃんの銃、新しくなってますね」

「んっ、ロロア様の力作」

アロロアのそれは長銃身のライフル、そう見える。

特徴的なのは美しい銀の銃身に刻まれた流麗な魔術文字。

「そのスペックは、ダンジョン探索の中で見せてくれ」

「了解。マニュアルは全部理解している。十全に性能を発揮できる」

楽しみであり、同時に不安にも感じる。

ロロアの奴、やりすぎてないといいのだが。

◇

ダンジョンの探索は極めて順調に進んでいた。

今までで最短で第四階層までやってきている。

ここには、俺が作った拠点がある。ここまで狩りをしながら一日で来られたのは大きい。

「ルシルさん、ぜんぜん弱くなってないですよ」

「同意。ルシル様の戦闘力、前回のダンジョン探索したときと変わってない」

「それなんだがな、たしかに存在の力は失われているんだが、身体に力がより馴染《なじ》んだというか、今思えば、今まで身体を使いこなせていなかったというか。……まあ、簡単に言えば絶好調ってことだ」

力の総量そのものは減っている。

だが、今までの倍、効率的に力を振るえている感覚がある。

これは推測になるが、魔王化したことで俺の魂と新しい肉体が馴染んだ。

それによって、元からあったこの肉体のスペックを正しく使えるようになったと考えるべきだろう。

「驚愕。それなら、以前と同じだけの存在の力を手に入れたら、前よりもっともっと強くなるってこと」

「そうなるな」

確信を持って告げる。

謙遜なんて意味はない。とくにチームで行動するなら、お互いがお互いの能力を正しく知らないと話にならない。

「それは期待しちゃいます……それより、敵が来ましたよ、けっこう強いです」

「気をつけろよ。サナドエルが暴れたせいか、出てくる魔物の規則性が変わっている」

ここに来るまで、見慣れない魔物が何体もいた。

ダンジョンがおかしくなっている。

「わかってます。油断はしません」

キーアの顔が真剣味を帯びてくる。

そして、敵がやってきた。気配と魔力は頭上から感じる。

「飛行型の魔物、鳥型か、そんなの、このフロアに居たか」

土色の巨大鷲が滑空している。

高度が高く、ロロアフォンⅧに搭載されている魔物図鑑の検索範囲外。魔物の正体がわからない。

「初めて見ますね。さっそく仕掛けてきましたよ」

土属性の魔術を使ってくる。

金属を生成し、そのままばらまいた。

ちっ、厄介だ。生半可な魔術ではあんな上空に届かない。

だというのに、相手は高速で飛行している。届かせるだけで苦労するのに、高速飛行までされて当たるわけがない。

飛行型の魔物は攻撃するために降下してきたところを狙うのがセオリーだが、奴は魔術を使え、頭がいい。高高度から金属をばらまくだけで必殺の威力であると知っている。

だからこそ、危険な高度まで下がることはない。

こんなものどうしようもない。

……と、普通のパーティなら思うだろう。

「安堵。ようやく、新型の性能を存分に試せる敵が現れた。私に任せて。あれは私が仕留める」

こちらにはスナイパーがいる。

新型の銃、そして真骨頂を発揮するアロロアの力、存分に見せてもらおう。

第十二話　魔王様と白銀の銃

アロロアが銃を構える。

白銀の美しい銃だ。長い銃身のスマートなフォルム。

材質はミスリル……だが、ただのミスリルじゃない。ミスリルをベースにロロアが調合した合金だと考えるべきだろう。

「キーア、ここはアロロアに任せよう。こっちに来い」

俺は土魔術を使用する。

地面から土柱が吹き上がりドームが出来上がった。

「はいっ」

キーアがドームの中に入る。

依然として空からの攻撃は続いているが、俺のドームは分厚く、ただ高度から落とした金属片などに貫かれたりはしない。

とはいえ、ここに引きこもれば頭上がまったく見えず攻撃を放棄することに等しい。

そのドームの入り口から、アロロアの様子を見る。

アロロアはただ静かに狙いをつける。

その周囲にいくつもの金属片が着弾、土埃《つちぼこり》があがる。

「危ないですっ、狙いをつけるのに集中しすぎてます」

「いや、問題ない。アロロアは冷静だよ。ちゃんと見えている。よく見てみろ、さっきから静かに、位置調整をしている」

今もわずか、一歩だけ立ち位置を変えた。さきほどまでアロロアが立っていたところに金属片が着弾する。

「本当です。あんなに離れたところから、どこに着弾するかわかるんですか」

「常人には難しいだろうな。だが、アロロアは弾道計算を得意としている。あの程度の計算はお手のものだ。問題はどうやって攻撃を当てるかだ」

おそらく、あの鷲型《わしがた》の魔物は高度五百メートルほど。

音速であろうが一・五秒ほどかかる。

そして、あの鷲の速度は時速百六十キロほど。一・五秒もあれば六十六メートルは移動する。

狙撃においてそれだけの移動は大きい。なにせ、直径が一センチほどの弾丸で狙うのだから。

さらに言えば、重力に逆らって射撃するのだから威力・速度ともに減衰する。

当てる方法は弾幕を張る、あるいは未来位置の予想。

そのどちらかだろう。

アロロアから魔力が溢れ、それを銃に注いだ。

銃身に刻まれた魔術文字が青い光を放ち、銃本体が帯電する。

「完了。シミュレート結果、命中率97％。……【銀麗《ぎんれい》】モード移行、通常モードから電磁加速モードへ」

そして、その目に殺意がわく。

不思議と放つ前から、命中すると思えた、外れるなんて微塵《みじん》も思えない。

「【銀麗：レールガン】」

雷の光が溢れ、光が放たれた。

その光景を見たあと、ソニックブームでアロロアの周囲が切り裂かれた。

つまりそれは、音速を軽く超えた証明。

弾丸は当たったのだろうか？　ここからでは空の様子は見えない。

ドームから出るか悩んでいると、天井に何かがぶつかった。やたらと生っぽい音。

まさか。そう思い外にでる。

ドームに落ちてきたのは身体の中心に大穴が空いた大鷲型の魔物だった。

ロロアフォンⅧが震える。

『メタルランス・イーグル：土魔術によって金属を生み出す鷲型の魔物。空中からの投擲《とうてき》を得意とする。臆病なため、獲物を殺してからでないと地上に降りてこない。また、羽毛は超軽量金属であり防御力も備え、生半可な攻撃を通さない。そのため討伐報告は極めて稀《まれ》。

必殺技：メタルランス

ドロップ：鶏肉（並）　鋼の翼』

大鷲こと、メタルランス・イーグルが青い粒子になって消えていく。

そして、ドロップアイテムの鶏肉（並）と鋼の翼が残された。

そのどちらも回収する。

「へえ、面白いな。金属なのに羽毛より軽いし、硬い。不可思議な素材だ」

「興味。ロロア様に渡したら喜んでもらえそう」

いつの間にか隣にいたアロロアが興味深そうに覗き込んでいた。

「おつかれ、すごかったな。よく、あれだけ距離が離れた飛行型の魔物に当てられたな」

「容易。銀麗の電磁加速モードなら初速はマッハ七。あの鳥は時速百六十キロ程度、止まっているのと同じ」

「そうだな。スナイパーにとって最強の銃だろうな、それは」

「同意。着弾と同時に当てられる。着弾までの遅延がない。狙いさえ合っていれば命中する。未来位置予測なんて必要ない。これほど楽な銃はない」

そう、狙撃で本来一番難しいのは未来位置予想だ。着弾までの間、獲物は動く。

それを解消するための方法が、弾丸の極限の加速というのは笑えてくる。

凄まじい脳筋な発想だ。

同時に速いということは、威力があるということだ。回避不能の超火力攻撃、これ以上の狙撃銃はない。

「でも、かなり派手でしたよね。魔力の消耗は大きくないんですか？」

それは俺も気になった。

魔力を電撃に変換していた。その変換機構自体は銃に持たせていて、術者に演算などの負担はないが、魔力そのものはかなり持っていかれるはず。

「回答。一発分は銃本体に魔力を貯《た》めていられる。非戦闘時にチャージしておける」

「逆に言えば、一発撃てば次からは自分の魔力を込めないといけないのか」

「肯定。加えて、全力で魔力を込めても私の力なら十二秒ほどかかる。私の魔力では三発が限界」

発動までの時間、三発の弾数制限。かなりしばりは大きい。

「だが、その威力は欠点を補って余りある」

「同意。私もそう思う。それに、銀麗は電磁加速を使わない、通常の銃としても運用可能。柔軟性がある実戦向け装備」

ロロアは戦場をよく知っている。

ただの研究屋なら、わざわざ切り替えの機構なんて作らなかっただろう。

切り替え機構を作れば故障率が上がるだろうし、銃の大型化なども考えられる。

それでもなお、レールガンを実戦で使うには、レールガンを使わない戦いができなければならないと判断したのだ。

それは正しい。

そういう点を含めて、アロロアの新銃、銀麗は傑作機と言えるだろう。

「アロロアの力、よくわかった。これからも頼りにさせてもらう」

こくこくとアロロアが勢いよく頷いた。

素直で良い子だ。

「アロロアちゃんに負けないように私もがんばらないと」

「いや、ここまでめちゃくちゃ活躍しているからな、キーアも」

キーアはロロアとマウラの薬で眷属としての力を抑えている。

基本スペック自体は、眷属になる前と大差がなくなっている。

違っているのは、二人が言っていた通り、魔物を倒して得られる存在の力、それが従来の二倍以上になっているということ。

この身体になり、意識をしてわかったのだが。魔物を倒した際に得られる存在の力、それをどれだけ受け入れられるかは個人差がある。

俺や今のキーアは、一般人の二倍以上の存在の力を得られる。それは大きなアドバンテージだ。

凄まじい勢いで強くなっている。

そして、変化はそれだけじゃない。

「眷属としての力を封印しても、魔殺しの爪はそのまま使えるとはな」

「とっても便利で助かってますっ」

どうやら、魔殺しの爪は特殊能力……つまりただの体質らしく、眷属の力を封印していても問題なく使えている。

これが恐ろしく便利だ。

どんな堅い守りを持った魔物もあっさりと引き裂き、本来キーアが苦手としている遠距離魔術攻撃も魔術を切り裂いて防げる。

これ以上ない、最高の前衛となった。

「俺も負けていられないな」

「ぜんぜん、負けてないですよ」

「同意。魔王様が一番強くなってる」

俺の変化、うまく力を引き出せるようになった。ただ、それだけなのだが、想像の通りに身体が動く。

そして、俺の想像の通りというのは、千の粒子になって散って宿っていた魔族たちの経験・知識・記憶を統合して得られた最適解。

それを思い通りになぞれるということ。

また、魔術も信じられないほど思い通りに使える。得手不得手、ともになく基本四属性はまるで呼吸するかのように使えた。

今まで俺は水と風については使えはするが、若干の苦手意識を持っていたというのに。

それらの恩恵は存在の力が半分になったことを補って余りある。

……というか、俺とキーアがこうなったので狩りのペースは今までの比じゃない。

失った存在の力もあっという間に取り戻せそうだ。

「俺たち三人は最強のパーティになれるかもな」

「ぜったいになれます！」

「同意。というよりなれないほうがおかしい。存在自体が反則の二人と、私も装備込みなら反則側」

魔王と眷属と至高の錬金術師に作られたホムンクルス。

……これもう一般人と言えないのではないか？

いや、ぎりぎりセーフか。そう思おう。

「じゃあ、そろそろ野営にしようか。前作ったのがこのあたりにあったはずだ」

「ですね。だいぶ疲れちゃいました」

アロロアも口には出さないが同意しているようだ。

そう言えば、鶏肉をダンジョンで得られたのは初めてだ。

これを使って何か作ってみよう。

第十三話　魔王様と人助け

前回の探索で作った家にたどり着く。

鍵を回すと、背後から人の気配がした。

「これ、あんたの家かい？」

後ろにいたのは冒険者だ。

男が三人に女性が二人のパーティ。

女性がいるのは珍しい。

基本的に女性は冒険者に向かない。そして、下世話な話になるが、トイレや着替えなど、そういうもので女性への配慮はできない。できないというよりやるだけの余力がない。

水というのは貴重品。水場があるフロアは意外と少なく水属性の魔術を使えるものもまた少ない。

水属性の魔術を使えるだけで高待遇でどのパーティにも迎えられるなんて話も聞くぐらいだ。

一般パーティでは水は飲み物にしか使えず、身だしなみを整えることも難しい。それによるストレスは男性より女性のほうが大きいのだ。

俺たちのパーティがうまくやれているのは、そういったデメリットを解消する手があるからにすぎない。

「ああ、そうだ。俺が作った家だ」

「その、悪いが泊めてもらえないか？　かなり長い間ダンジョンにこもって気が滅入《めい》っちまっているんだよ」

そういう彼らの姿はお世辞にも清潔とは言い難い。

何日も身体を洗っていないのかかなり臭う。着ている服も薄汚れている。

目の下にはくまができていた。

彼らのリュックはぱんぱんに詰まっており、おそらくは狩りを終えて地上に戻るところなのだろう。

「……まあ、切羽詰まっているっていうのは嘘じゃないだろうな」

家の扉には傷が入っていた。剣を叩きつけたあと。

誰かが不法侵入しようとした形跡、十中八九彼らだろう。

野営をするのが嫌で、家に入ろうとして、鍵がかかっていたから扉を壊そうとした。それができずに、それでも諦めきれず近くで野営をしていたのだろう。

俺は大きく息を吐く。

やっていることは褒められたことじゃないが、彼らの状況がかなり逼迫《ひっぱく》しているのもわからなくはない。

それに、彼らは鍵を開けた途端、強引に部屋に押し入ろうとしてもおかしくない。

遅れはとらないだろうが、反撃して殺してしまっては寝覚めが悪くなる。

「言いだろう、ただし身体と服を洗ってからだ」

「いや、俺らもそうしたいんだが、水が残り少なくて」

俺は詠唱を始める。

まずは土魔術。

地面から石が隆起して、かなり大きめの風呂桶《おけ》になる。

さらに追加詠唱。

水の濁流が風呂桶を満たした。

「あっ、あんたすごいなっ、こんなに水を」

男だけじゃなく、パーティのメンバー全員が生唾を飲む。

よほど水に困っていたようだ。

噂では深く潜るほど水の確保が難しくなると聞いている。

彼らはそれだけ深く潜っていたのかもしれない。

「その水を好きに使うといい。俺たちは家の中にいるから、身だしなみを整えたら、ノックしてくれ」

「いっ、いいのか、ほんとう、これだけの水を？」

「ああ、構わない」

「感謝する。おい、おめえら、その水好きに使っていいらしいぞ」

凄まじい勢いで男と、そのパーティが水に飛びついて、コップや鍋などを取り出し、一気に呑んだり、頭からかぶったりする。

女性などはいきなり服を脱いで浴びたりと、かなり目に毒だ。

「では、後ほど」

たぶん聞こえていないが、そう伝えて家の中に入った。

◇

部屋に入り、ライトを点《つ》ける。

周囲のマナを動力にするもので、壊れない限り光り続ける代物だ。

「ルシルさんって優しいですよね」

「そうでもないさ。ああでもしないと、俺たちを殺してでも水と家を奪おうとしかねない様子だったしな。殺したら寝覚めが悪いだろう？」

「ふふっ、そうやって照れ隠しをするんですから」

「それより、あいつらがいないうちにキーアとアロロアは風呂場で服と身体を洗っておくといい。彼らが来たら、そういうのは抵抗あるだろう」

「たしかにそうですね」

「理解。さっそく風呂場に行ってくる。ルシル様、お湯をお願い」

俺は頷いて、隣接した浴場に湯をなみなみと張る。

湯さえあれば、キーアは火属性の魔術で温度を維持できるだろう。

「ルシルさん、一緒にどうですか？　その、あの人たち、たぶんすぐにこっち来ると思うんです。お外ですし、魔物を警戒して、早く済ませたがると思うんですよ」

「それはわかるが、いいのか？」

「はい、ルシルさんなら。その、私たちだけがすっきりして、ルシルさんが後回しって嫌ですし」

「同意。私も構わない……少し、恥ずかしいけど、ルシル様が困るほうがやだ」

どうしたものか。

断るべきだろうが、せっかく気を遣ってくれた彼女たちの好意を無駄にすることになる。

……よし、今回はお言葉に甘えるとしよう。

「わかった、全員で入ろう」

俺が作った湯船はかなり広い、大きさ的には問題がないはずだ。

◇

洗い場で服を脱いで、大きな桶に着ていた服と下着をすべて入れてしまう。

そして、備蓄している洗剤を投入。

こうして家があると、こういったものを常備しておけるのが便利だ。ここには各種消耗品を運び込んである。

普通、洗剤なんてものはいちいち持ち込めない。しかし、ここにはそういうかさばって持ち込めない類のものが大量にある。

それが終わると、湯船のほうに向かうのだが意識的に目をそらしていたものが目に映る。

キーアとアロロアの裸体だ。

「その、なんだ、二人とも綺麗《きれい》だ」

「照れちゃいますね……そう、面と向かって言われると」

「同意。恥ずかしい」

二人とも美しい。

キーアは猫科に分類される性質を持った魔族特有のしなやかで無駄がない均整の取れた身体

つき。

そして、アロロアは女性的な魅力に溢れている。

どちらもタイプが違うが美しい。

「魔王様の身体も逞《たくま》しいです」

「眼福。とても頼もしい」

「俺の元の身体に似てるな」

天使というのは人々の理想を顕現した存在。だから、そういう形に設計されている。それに似せてある今の身体もまた、そういう魅力がある。

「見てると、ちょっと変な気持ちになっちゃいますね。早く洗って湯船につかりましょう」

キーアが照れながら頭からお湯をかぶって身体を洗う。

……いかん、思わず目で追ってしまった。

無心になろう。

そうして俺は身体を洗い終えて、湯船に入る。

遅れて、キーアとアロロアも入ってきた。

ふう、やはり湯船は良《い》い。疲れが溶けていく。

「気持ちいいです〜」

「至福。一度知ったら、これがない生活は考えられない」

「ああ、そうだな。他の冒険者が知ったら怒りそうだけどな」

おそらく、ダンジョンで広々とした風呂に入っているのなんて、俺たちだけだろう。

「今日のお湯、濁ってますね。でも、いい匂い、いつもより気持ちいい気がします」

「さっき、薬湯にした。ちょうどいくつか薬草系の素材があったから、調合してな。にごり湯だと、お互い目のやり場に困らないだろう」

「ほんと、ルシルさんって変なところで紳士ですよね……あの、その、女の子から誘うって、その、引いちゃいますか？」

キーアが上目遣いになって問いかけてくる。

「……まあ、なんだ、相手しだいか」

「私、もう全然伝わっている気がしないんで、言っちゃいます。もっとロマンチックなのがいいとか、タイミングとかある気がするんですけど、その、こんな状況で頭が混乱してて、いきなり風呂に誘うなんて、恥じらいがないって思われてるとか、男に簡単に肌を見せるのか、なんて思われちゃっているのかな？　とか頭に浮かぶと我慢できなくて」

凄まじいマシンガントーク。

「私、ルシルさんだから、好きなルシルさんだから、見られていいって思って、お風呂一緒にって言ったんです。こんなこと、ルシルさんじゃないと嫌です」

「それは、うれしいが」

「だから、その、私、ルシルさんが好きで。だから、こうしているし、眷属になったのだって、ルシルさんのものになれるのがうれしくて、だから、だからルシルさんが望むなら……きゅー」

そこまで言った段階で、キーアがのぼせた。

慌てて抱き上げて湯船から出す。

備え付けのタオルを水に濡《ぬ》らしてキーアの頭の上に乗せてやる。

ついでに彼女の身体を別の布で隠す。

「あはは、いったい、私、何しているんでしょうね」

「風呂の中で、興奮して、酸素切れになるほどマシンガントークをした」

「そういうことを言ってるんじゃないです」

弱々しく、キーアが言う。

「わかっている。その、なんと答えたらいいか迷ってはぐらかした」

「ずるいです。そういうの」

「ちゃんと、いつか答えるさ」

今すぐ返事をしない。

優柔不断かもしれないが、適当に返事をするほうがよほど不誠実だと俺は考える。

視線を感じる。

アロロアがこちらを見ていた。顔を赤くして、どこか羨ましそうで悔しそうに。

以前からちょっとずつ感情的な顔を見せるようになってきたが、今日はとびっきりだ。

「どうかしたのか？」

「平然。私はいつもどおり」

そんなはずがないだろうに。

相変わらず、年頃の少女というのは扱いが難しい。

千年前は、ライナやロロアたちに振り回されて、今はこうしてキーアとアロロアに振り回されている。

だが、こういうのも悪くない。

ノックの音が聞こえた。

「彼らが来たようだ。キーア、着替えられるか？」

「はい、頭が冷えました。いろんな意味で」

「じゃあ、俺が出迎えて、向こうの部屋でもてなしておく。慌てなくていいからな」

そう告げて、俺は雑に身体を拭いて部屋着を身に着けた。

さてと、一度アロロアのことは忘れよう。

そして、俺が彼らを助けた、もう一つの理由のほうを果たすとしようか。

第十四話　魔王様と情報収集

客として冒険者を出迎える。

みんなさっぱりとした顔をしていた。替えの服がないのか全員びしょびしょだ。

一人ひとりにタオルを渡す。

「その、なんだ、暖炉を使ってくれ」

「悪いな、何から何まで」

暖炉の前に集まって火に当たる。

ダンジョンの気候は日によってけっこうブレがあるのだが、今日はけっこう肌寒い。

濡れた服を着たままじゃ風邪を引くだろう。

そんなことを考えていると、彼らは服を脱いで、暖炉の火があたる場所で服を乾かし始めた。

「男はともかく、女性の君たちは恥ずかしくないのか」

「ううん、慣れちゃったよ」

「そんなこと言ってたら死ぬしねー」

恥じらいより命が大事。それで感覚が麻痺《まひ》しているということか。

彼らに服を提供できればいいのだが、来客用の服は用意してないな。

一応、下着は身に着けたままだし問題ないか。……そういうことにしておこう。

「なあ、あんた。この家どうやって建てたんだ」

「土魔術で。だから、作りは雑だ」

箱を作っているだけにすぎない。

さほど難しくはないのだ。

「いや、それでもすげえな、こんなのできる魔術師なんて聞いたことがねえよ。水といい、羨ましいぜ。快適な旅なんだろうな」

「まあ、そうだな。他に比べるとだいぶ楽させてもらっている」

「だいぶどころじゃねえよっ」

それはそうだろうな。

これだけの力があることに感謝しよう。

「さて、これから食事を作るんだが、君たちもどうだ？」

「そこまで甘えていいのか」

「ああ、かなり材料が余っているしな」

リュックで地上に持ち帰れる量は限られる。

こういう拠点には持ち帰れないドロップ品をかなり備蓄している。

ダンジョンドロップ品の食材は腐らないという性質がある。だから、いつまでも放置させていられる。

とはいえ、場所は有限であり、そろそろ倉庫がやばい。

ちょうどいいし、処分しよう。

「ご相伴にあずかるぜ。遠慮なんてしてりゃ、野垂れ死ぬのが冒険者だ」

それは真理だろう。

謙虚さが常に美徳というわけでもない。

「ただ、一つ警告をさせてくれ。俺は、俺や俺の仲間を傷つけるものや略奪者を許さない……変な気を起こすなよ」

釘を刺しておく。

彼らはそれなりに強い。だからこそ、その力を過信して変な気を起こさないとも限らない。

「見くびるなよ。そんな恩知らずな真似できるかよ。俺らは、荒野の赤龍だ」

その名前は知っている。

パーティごとにギルドでは一ヶ月間の稼ぎをランキングにして発表している。

たしか荒野の赤龍は五位あたりにいたはず。

つまり、あの街で五番目の冒険者。

「疑って悪かったな」

彼からは、以前俺たちに絡んできた連中のような悪意を感じない。

根はいい人なのだろう。

じゃあ、料理を始めよう。

◇

料理を作っていると、着替えが終わったキーアとアロロアが現れる。

そして、キーアが彼らと会話を始める。

その内容は、ここから先。つまり五階層以降のダンジョンについて。

俺が彼らを招いたもう一つの目的。それは深い階層に挑む冒険者たちの生の情報を仕入れること。

経験者の言葉には黄金の価値がある。

彼らは、俺たちのような恵まれた環境ではなく、限られたリソースだけを持ち込んで、長期間深い階層で探索できる実力者。

無駄に苦労する必要があるとは思えないが、苦労した者の工夫や技術、知識などは得ていたい。

そういう話をキーアにしていて、積極的に、それでいて自然に情報をキーアが引き出している。

（やるな）

キーアのコミュニケーション能力はもはや特技であり、立派な武器だと言える。

そんなことを考えながら料理を仕上げていく。

今日の料理は鍋だ。

寒いし、余っている材料がそれ向きだ。

以前植物系の魔物の群れに遭い、葉野菜（並）というのを大量に手に入れた。

それは白菜に近い植物。そして、そいつを持て余していた。

なにせ、ダンジョンの外では例年よりも暖かく、大雨などもなく野菜が軒並み豊作。しかも白菜は今が旬と言うこともあり、持ち帰ったところで捨て値でしか売れない。

だから、葉野菜が枯渇する冬までは倉庫で寝かしておこうと決めているのだが、それが倉庫を圧迫していた。

なので、それをたっぷりと使う。

「面白そうな料理だしな」

今回の料理は水を使わない鍋。

白菜をばらして、一枚一枚塩を振りながら重ねていく。

合間合間にぶつ切りにした鶏肉を挟むのを忘れない。

仕上げに酒を振りかける。

そして、あとは水蒸気がもれないように密閉して弱火にかける。

あとは待つだけ。このまま三十分ほどで出来上がり。

白菜から大量に水が出て、その水で煮込まれる。

白菜の汁は甘く、鶏肉から出た肉汁と混ざり合って、とても濃厚な旨味が出る鍋になるそうだ。

水を使わない鍋なんて、知識にあっても正直半信半疑だが、楽しみではある。

◇

料理ができた。

人数が多いので、鍋を二つに分けてある。

パーティごとに一つというわけだ。

「食事ができた、鍋にした。食べてくれ」

蓋をあけると、猛烈な湯気が出てきた。

それの香りがとてつもない。

密閉していたからこそ、香りが濃縮されていたようだ。

その香りだけで脳が殴られたようで、何人かの腹が鳴った。

「こいつはたまんねえな」

一番反応したのは、荒野の赤龍のリーダーだ。

水だけじゃなくて食料も不足していたようだ。肌色の悪さはそれもあるのだろう。

「さあ、みんな食べてくれ。このタレにつけてな」

酢をベースに塩と香辛料を加えたもの。

シンプルだが、今日は素材の味を活《い》かすのがテーマだから、あまりうるさい味付けにはしない。

それぞれが鍋に手を付ける。

「すごいっ、美味しいです。白菜の甘さが強烈で」

「驚愕。このスープ、鳥の旨さが溢れてる」

「白菜が旨いな、甘さが完全に引き出されて、鳥の旨味を吸い込んで」

とんでもない白菜の旨さだ。

水を使わないからこそ、薄まらず、そのポテンシャルを完全に引き出している。

ただ、問題があるとすれば。

「鶏肉のほうは、旨さを吐き出し切っているな」

「そうですね。出しがらになっちゃってます。でも、白菜と一緒に食べると素敵ですよ」

「白菜がメインの鍋だな」

これは、鍋であるが主役が白菜なのだろう。

これほど旨く白菜を食べられる料理は他にない。

「疑問。一番美味しいのはスープ、ずっと飲んでたい」

ただ、ロロアの言う通り、白菜の汁と鶏肉だけでとったスープは力強く、とんでもない旨さ。

みんな、旨い飯で箸が進むし、会話も弾む。

あっという間に鍋が空になっていく。

「そういえば、締めに麺を入れるから、スープはある程度残しておいたほうがいいな」

それを言った瞬間、荒野の赤龍の面々が固まる。具材がなくなり、競うように、スープを飲み干そうとするところだった。

俺は苦笑しつつ、特別な麺を持ってきた。

面白そうなので購入した半透明の麺、水を吸って膨れ上がる。春雨《はるさめ》というらしい。

原料は芋のデンプン。売りは嵩張《かさば》らない保存食で栄養価が高いということ。

それを鍋に入れるとあっという間にスープを吸い込んで何倍にも膨れて、ぷるぷると半透明になる。

「……ほう、これはいいな」

「スープ全部吸い込んで、とってもとっても美味しいです」

「決定。これが今日のＭＶＰ」

旨味たっぷりのスープをたっぷり含ませ、このどくとくの食感。

これを買い込んでいたのは正解だった。

水さえ用意できるのなら、とても満足度が高い食事ができる。

今後、買い足しておこう。

◇

食事が終わると、また雑談タイムになる。

「気になっていたんだが、水だけじゃなく、食事にも困っている様子だったよな？　食料は、現地調達できると考えていたんだが、第五階層以降は違うのか？」

「ああ、それなんだがな。第五から先はしばらく、食料をドロップしなくなるんだ。第十から先は、食料のドロップ品が、(並）から（上）になってまた出るようになる」

「それは知っておかないとまずい情報だ」

なにせ、ダンジョン探索の基本は食料はなるべく少なくして、ドロップ品を持ち帰るだけの荷物スペースを空けておく。食料は現地調達というものだ。

何も知らずに先へ進めば、飢えと戦う羽目になったかもしれない。

こういう話を聞けたのなら、それだけで彼らを支援した意味がある。

「ったく、今回ばかりは焦ったぜ。さくさく進めるもんだし、狩りの成果も出て、つい潜りすぎちまった。ここの階まで戻れば、食料が手に入ると思ったんだが、水が尽きてからっからで、戦うどころじゃなかった……あんたらと会わなきゃ、俺らは死んでたかもな。ありがとよ」

握手を求めてきたので、それに応える。

強いだけではどうにもならないのがダンジョン探索。それを改めて思い知らされる。

「どういたしまして。それともう一つ教えてくれ。第五階層から先は、いったい食料の代わりに何を落とすんだ？　そいつが割に合うから君たちは潜っていたんだろう？」

「いろいろだよ。一番多いのが素材だ、ありえない性質を持った素材は高く売れる。軽い鉄だとか、絶対に切れない糸だとか、輝く布だとか、あとは第五階層からはマジックアイテムが手に入るんだよ」

マジックアイテムか。

「その中には、どんな病気も治す薬もあるわけか」

「口調が変わったな、それがあんたらの目的か。やめとけ、やめとけ、アレを落とすのは死神だ。アレに挑むのはただの自殺だ」

「知っているのか？　死神とはなんだ」

「落ち着け、落ち着け、ちゃんと話してやるからよ。死神っつうのは、第十階層と第十一階層の間にいるやつでよ、第十一に行こうとする奴に襲いかかってくるんだよ。だから、そこまでたどり着ける奴はみんな知ってる。門番って呼ぶ奴もいる……だがな、あれに勝てた連中は三組しか知らない」

いい情報だ。

確実に会えるというのが素晴らしい。

今まで漠然と深い階層にいるということしか知らなかった。

だけど、第十一階層に行こうとすれば確実に襲いかかってくれるのならば、楽に会える。

……もっともそこまでたどり着くのが楽かどうかは話が別だが。

「その三組、なんでその死神を狩り続けないんだろうな……どんな病気をも治す薬なんて、それ以上に金になるものなんてないし、自分の分を持っておきたいものだろうに」

「なんでも、一度でも倒すと、そいつの前には現れないらしいぜ」

門番と呼ばれるだけあって試練を与えているのかもしれない。

「参考になった。君たちを助けてよかった」

「こんなんで恩返しが終わったなんて思ってねえよ。なんか困ったときは相談してくれ……てか、ずっとあんたと君で呼び合ってたな。名前ぐらい教えてくれ」

「俺はルシルだ」

「へえ、救世の魔王から名前をもらったんだ。あんたなら名前負けはしねえな。俺はアッシュだ。荒野の赤龍、リーダーのアッシュ。よろしくな」

「よろしく」

硬く握手する。

彼らとのコネは今後役立つだろう。

それからしばらくして、雑談をして、遅くなってきたので眠ることにした。

彼らのパーティは厨房で、俺たちが居間で寝る。そういう取り決め。

安眠できるだろうか？

俺は割と人の気配には敏感で、他人がいる空間で眠れるのか自信がない。

第十五話　魔王様とアロロアの恋

たしかに俺は眠れないかもしれないと懸念していた。

それはあくまで他人の気配が気になってというか、そういうことを心配してのものだった。

一応、襲われるかもしれないと思い、魔術で結界を張ってある。一定範囲内に侵入されたら、アラートが鳴り、俺だけじゃなくキーアとアロロアを叩き起こすもの。

だが、まさか、そういうのとはまったく違う、アレな理由で眠れないとは。

「あんっ、あああんっ、いい、いいの」

「来て、アッシュぅ」

深夜になると奴らは乱交パーティを始めた。

人の家で乱交とは正気を疑うのだが、気持ちはわからなくはない。

人というのは、命の危険を感じると種の生存本能が高まる。

彼らは九死に一生を得たのだ。

それに、長い間ダンジョンに潜っていたのだから、ストレスも溜《た》まっているのだろう。

……それにしても、その、激しすぎはしないだろうか。せめてもう少し、声を押し殺すなりの配慮はしてほしいところだ。

そして、右隣ではいびきが聞こえてきた。

（ある意味すごいな、キーアは）

この中でキーアはばっちり熟睡して起きる気配がない。

さて、どうしたものか……いっそ、電撃魔術を応用して、意識を飛ばすか。

睡眠不足が明日に響くとよくない。

ただ、気絶をした場合、下手をすると失禁なんてこともありえる。

そんな無様を晒せば、今後、どんな顔でキーアやアロロアと接していいかわからない。

そんな中、もぞもぞと左隣側が動く、アロロアだ。

さきほどからアロロアも起きているのを感じていた。

そのアロロアが俺の布団に入り込み、なぜか俺の上に乗ってくる。

ついには布団から顔を出した。

真っ赤で潤んだ顔をしている。

「いったい、どうしたんだ？」

「提案。ルシル様は興奮してる、男性の生理現象を確認、このままじゃ眠れない。私がルシル様の性欲を処理する」

生理現象と言っているのは勃起のことだろう。

こんな状況でそうなるのはしょうがない。

なにせ、普段からキーアとアロロアという二人の美少女と暮らしている。ついでに今日は混浴なんてイベントまであった。

そのうえ、これだけ喘《あえ》ぎ声を聞かされれば、そうなるのも無理はない。

「そういうことを無理にする気はない……いや、ロロアに吹き込まれたアレを気にしているのか」

アレというのは心が繋がった状態で、俺の因子をより深く取り込むことでアロロアを強化するというもの。

有り体に言えば性行為だ。

「肯定。それはある。でも、それだけじゃない。私がそうしたい」

「いきなり、どうしたんだ」

「否定。いきなりじゃない、ずっとルシル様が好きなのは、キーアだけじゃない。私も一緒。なのに、キーアだけ気持ちを伝えてずるい」

「ずるいも何もないだろう」

「否定。ずるい。だって、私は、魂のない私は眷属になれない、魂で繋がれないのに、キーアは繋がって、それだけでずるいのに、好きって気持ちを言って、それ以上繋がろうとしてる。

「私も繋がりたい。眷属になれないなら、違う形で、だから」

そう言いながら、アロロアは身体を擦《なす》り付《つ》けていく。

そして、俺のそれに手を這《は》わせる。

「質問。ルシル様はいや、私と繋がるの」

「嫌じゃない」

「要求。私もルシル様の特別になりたい。眷属になれない私は、眷属以外の絆がほしい」

その目がまるで迷子になった子供のようで、それでいて切羽詰まっていて、放っておけない。

それだけじゃない、さっきから隣のアレのせいで変な気分になっている。

アロロアの柔らかさと匂いで、脳みそがくらくらとする。

俺はアロロアの肩を掴み、逆に彼女を組み伏せてしまう。

「このまま抱いても、今はいいだろう。だが、いずれ後悔する。アロロアのことを大事に思っている。だからこそ、今は抱くべきじゃない、そう考えている」

「……」

アロロアが言葉じゃなく目で訴えてくる。

嫌だと、今すぐ繋がりたいと。

その気持ちを汲《く》んではやりたい。

だから……。

「俺を好きなら、その気持ちをさらけ出せ。俺も、アロロアを好きだって気持ちを込めるから」

こくりとアロロアが頷いた。

そして俺はアロロアと唇を重ねる。

舌を入れる、濃厚なキス。俺の唾液を流し込む。

どくんっ、魂が震える。

これは、眷属たちを生み出すときの感覚に近いが、また別種のもの。

アロロアの中にある、俺と同じものと惹《ひ》かれ合う感じ。

そこにさらに俺を流し込む。

アロロアが真っ赤な顔で、暴れる。

それでも口づけをやめない。

ああ、たしかに繋がっている。そんな気がする。そして、俺が感じる、これ以上流し込めば
アロロアが壊れる。

その限界が来て舌を引き抜く。

「今日はここまでだ」

アロロアがさらに目をうるませて、息を荒くした。

「困惑。困る、ここで終わりにされたら、とても困る。辛《つら》い」

アロロアが発情している、このままめちゃくちゃにしてやりたい。

俺だって痛いぐらいに張り詰めている。

それでも……。

「言っただろう。大事にすると。寝ろ」

「抗議。ルシル様はひどい人」

「そんなことを言っていると本当に襲うぞ」

「歓迎。いつでもどうぞ」

まったくこの子は、俺の我慢と苦労も知らないで。

俺は無言で、アロロアを抱き上げて、彼女の布団に戻すと、アロロアに背を向ける。

これでしばらく大丈夫だろう。

アロロアを抱く理由はなくなった。アロロアは基本的に臆病だ。大義名分がなければ、今日のように誘ってくることはない。

荒野の赤龍たちもようやく満足したのかおとなしくなった。音から察するに後始末と掃除をしているらしい。

ふう、これでようやく眠れる。

いや、きついな。

完全に目が醒《さ》めた。

なんとか眠りにつかなければ明日に響く。

俺は、意識がはっきりしたまま、それでも強く目を閉じた。

第十六話　魔王様と恥じらいのアロロア

目を覚まし、朝食を済ませた。

アロロアのほうを見ると顔を赤くして、それからぷいっとそらされた。なぜか微妙に頬を緩めている。

これはどういう感情だろう？　表面的に見れば、昨日のことを喜んでいるようには見えるが。

（キスだけでも、俺の因子を増やせたという実感がある）

これで、イミテート・ファミリアの副作用でアロロアが壊れてしまうことがなくなった。

そのことだけを素直に喜ぼう。

「いろいろと世話になったな、とりあえずこいつは礼だ。昨日も言ったが、俺ら荒野の赤龍は、この恩を忘れねえ、困ったことがあったらなんでも言ってくれ」

そう言って、彼らが手渡してきたのは不思議な色をした瓶だった。

「なんだ、これは？」

「言ったろ、第五階層以降はマジックアイテムが手に入るって。こいつは、魔力回復ポーション、まあ、ほんのわずかだがな」
「いいのか、そんな貴重なものを？」

魔術的な要素を含む薬はそれだけで、凄まじい値段がする。

ましてや魔力回復用の代物、人の身で作ることは不可能。

……ということになっているが、エンシェント・エルフのマウラは大量にマナ回復ポーションを量産していたりする。

「命を救われたんだからな。気にすんなよ。こいつは、わりと出回ってる、俺らだって一回の狩りで、五つは集められるからな、高いっちゃ高いが、そこまでではねえよ」

「ありがたくいただく」

「おうよっ。じゃあ、俺らはいくぜ……って、なんだ驚いた顔をして」

「いや、てっきりこれからもここを使わせろと言い出すなと思っていたんだ」

「そりゃ、そうはしてえが、んなもん絶対許さねえだろ、ここはあんたらの大事な宝箱でもあるんだ。それぐらいの分別はあるぜ」

俺たちに絡んできたパーティは、アレだけだったので、色眼鏡で見すぎていた。

彼らはまともな冒険者。

……もっとも、他人の家で乱交をするのがまともと言えるかは別だが。

「また、会おう。荒野の赤龍」

「おうっ、って、返事をしようとしたが、おめえらのパーティ名聞いてねえぜ」

「ああ、それだがまだ決めてない」

ちなみにギルドの登録は、ルシルのパーティ（仮）になっている。

パーティの名前が決まってないと、とりあえずリーダーの名前で仮登録するルールらしい。

「名前は大事だぜ、自分たちがどんな存在かを決めねえとブレちまう。そういうとこしっかりしとけよ。あと、パーティの名前が売れるといろんなメリットもあるからな」

「ああ、そうだな。大事にしよう」

俺たちの目的か。

俺の目的は、この世界を楽しみ尽くす。

キーアの目的は、母親を救う。

アロロアの目的は、俺の護衛。

……わりと一つのパーティ名に包括するのは無理そうだ。

「今度こそさよならだ。第五階層以降は初めてなんだろ、気をつけていけよ。食料は多めに持って、無理だと思ったらすぐに引き返せ」

今度こそ、荒野の赤龍の面々と別れた。

「いろいろと勉強になったね」

「同意。彼らとの出会いはプラスだった。ああいう冒険者ばかりだとうれしい」

「そうだな、そう思う。俺たちも出発の準備をしよう。保存食を多めに持っていかないとな……ああ、そうか、これも水が切れやすくなる原因か」

俺は家に備蓄していた保存食を並べて、それに気付いた。

「どういうことですか？」

「保存食っていうのは、長期保存ができて、なおかつ嵩張らないことを優先するだろう？」

「そうですね。じゃないと重くて邪魔になっちゃうし、せっかくのドロップ品を持って帰れなくなります」

「それでな、腐らないっていうことも、嵩張らないってことも、とある工夫でなし得て保存食ができる」

「ああ、そういうことですか。水分を抜く」

保存食はほとんどそうやって作られる。

水分があるから食べ物は腐る、だから塩で水気を抜いたり、乾かしたり。

水分があるから嵩張る。だから水を追い出して小さく軽くする。

そういう保存食を食べる際には、水で戻さないと辛い。

つまり、普通の食事ならできる、食料からの水分補給ができない。

なんだかんだ言って、第五階層までは血の滴る肉などが魔物のドロップから手に入って、それである程度の水分補給にもなっていた。

だけど、ここから先は保存食だけが頼りになる。

きついわけだ。

「これで荷造りは終わりだ」

「相変わらず、ルシルさんは器用ですね。って、ルシルさんの荷物だけ、これから深く潜るのにもうぱんぱんじゃないですか!?」

「理由はあとで話す。これでいいんだ」

キーアとアロロアの荷物は必要最小限。

だけど、俺のは限界まで詰め込んだ。

「ルシルさんのことだから、考えがあるんですね。……話を戻しますけど、やっぱり水って大事です。私も、もしものために水属性の魔術を使えたらいいんですけどね。もし、ルシルさんに何かあって、ルシルさんが魔術を使えなくなったら大変です。アロロアちゃんは使えないこともないいってレベルでしたよね、水魔術」

「肯定。風と水は一応使えるけどとても苦手」

アロロアは俺の因子を取り入れているからこその全属性対応。だけど、同時にもう一つのベースであるロロアの因子はドワーフのもの、ドワーフは土と炎に愛される代わりに、風と水には嫌われる。

だから、風と水は使えることは使えるが、消費魔力が俺の数倍、かつ発揮される魔術の威力は数分の一と、コップいっぱいの水すら出すのに苦労する。

逆に、土と火に関しては俺以上にうまく魔術を使えるのだ。

「こればかりはもって生まれた素質だからな……いや、待て、アロロア、試しに水の魔術を使ってみてくれないか？」

「了解。やってみる……あれ、いつもより魔力の変換がうまくできる、それに、水に嫌われている感じがしない。あっ、できた、土や水に比べるとまだまだだけど、一応使える水準」

アロロアが喜んでいる。

やっぱりな、俺の因子が増えたのなら、水と風の適性が上がっていると読んだ。

それはあたりのようだ。

一応、それでも消費魔力は俺と比べて三倍で、威力は三分の一程度だが、今までよりずっといい。

「ああ、すごいです！　いきなり水魔術がうまく使えるようになるなんて、どんなことしたんですか？　教えてください。私も使えるようになるかもしれないです」

興奮してアロロアにキーアが詰め寄るが、アロロアは顔を赤くしてぷいっとそらした。

「秘密」

……言えないだろうな。俺に夜這《よば》いをかけて、大人のキスをしたなんて。

「ずるいです」

「否定。ずるくはない。秘密だけど、キーアがやってても無駄だっていうのは言える」

「そうなんですか、残念です」

キーアが肩を落とした。

「さてと、荷造りも終わった。さあ、ここからが本番だ。第五階層から先に挑んでいくぞ」

「はいっ」

「了解」

早く第十階層にたどり着きたい。

そして、キーアの母親を救うのだ。

◇

あれから、二日が経った。

俺たちは帰路についており、かなり疲労が溜まっていた。

「昨日のあれはびっくりしましたね」

「ああ、まさかあれだけ丈夫に使って、結界まで張った家が叩き潰されるなんてな」

新たな階層ごとに俺は拠点を作っておいた。

いざとなれば逃げ延びて、身体を休めるため。

俺はあえて、第四階層から第五階層に行くときに、嵩張る食料や衣料品などをリュックでぱんぱんにしてから降りた。

それは、物資を新たに作った拠点に保管しておくためである。

どう考えても、第四階層以降をすべて保存食で過ごすなんて無理がある。

であるなら、予め《あらかじ》各階層に拠点を作り、余裕があるときにダンジョン産のみずみずしくて腐らない食べ物や、生活を快適にするための消耗品を運び込んでおくと決めたのだ。

「驚愕。あれはもう魔物じゃなくて恐竜。第七階層に拠点を作るのは難しい」

「第八階層以降もそうであると考えるべきだな。第六階層が最後の休憩ポイント、あとは一気に行くのが良さそうだ」

「ですね。ということは、次はいよいよ」

「ああ、第十階層に行き、死神とやらに挑む」

キーアが息を呑んだ。

その目にあるのは、薬が手に入るのではという希望と、死神と戦うことへの恐怖。

「大丈夫だ、勝てる」

俺は強く断言する。

それだけ強くなった。

深い階層の魔物ほど強く、そして倒して得られる力は大きい。

この三日だけで、魔王化によって失った以上の力を得られた。

キーアの虎耳がぴくぴくと動く。

「魔物ですっ！」

その叫びと同時に、十メートル以上の跳躍を見せて、魔物が躍り出る。

それは巨大なカマキリだった。ただし、その鎌と外骨格は金属的な輝きを放っている。

虫型の魔物はどれもこれも強力だ。構造的に哺乳類より優れている。

外殻の硬さ、瞬発力、そしてこのカマキリに至っては巨大な鎌を持つ、刃渡りは三メートルはあるだろう。

ロロアフォンⅧが振動する。

『アダマンタイト・シックル：肉食でありながら、鉱物も食らうカマキリ。その鎌はアダマンタイトで構成されており、その一振りで分厚い鉄板すら切り裂く。

必殺技：アダマンタイトスラッシュ
ドロップ：アダマンタイト鉱石　黄色の複眼』

アダマンタイトか。超重量かつ超高度の金属。

そんなものでできた鎌を持ちながら、極めて動きは機敏。

おそらく、今回の探索で出会ったどの魔物よりも凶悪。

だが、おそれはない。

無造作に真正面から近づく。

剣を抜く。ロロアが鍛えてくれた剣、それを気と魔力で強化、その上に炎を纏《まと》わせる。

「キシャアアアアアアアアアアアアアアア」

甲高い鳴き声と共に、死神の一閃《いっせん》が襲いかかる。

俺の剣は刃渡りが九十センチほどなどに対して、奴の鎌は三メートルはある。どう足掻《あが》こうと奴の鎌が先に届く。

剣豪のそれよりも速いはずなのにスローに感じられる。

無造作に、下から切り上げる。

アダマンタイトの鎌が断たれて宙に舞う。

剣が届かないのなら、先に鎌を断てばいい。

「キシャアアアアアアアアアアアアアアア」

鳴き声は同じなのに、最初は威嚇で、次は恐怖。

俺は踏み込み、間合いをゼロにする。

刺突。

アダマンタイトの外殻を貫く、そして、纏わせた炎を体内に流し込み、内側から焼き尽くす。

悲鳴すら上げる余裕がなく、アダマンタイト・シックルが即死。

さらには光の粒子になって消えていく。

残ったのは、アダマンタイトの塊。

これは高く売れるだろう。

「だいぶ、強くなっただろう？」

キーアとアロロアが強くなったように、俺もまた強くなった。

「強くなりすぎです」

「尊敬。もう負けるなんて想像できない」

死神とやらがどれだけ強くても、俺たち以外に倒されているのだ。

ならば、今の俺たちが負ける道理はない。

「急いで帰るぞ、ちょっと長居しすぎた。このままじゃ、きつね亭に帰れるのは朝方だ」

「うっ、朝帰りして、そのまま働くのはきついかも」

「同感。私もしんどい」

俺たちは速歩きになる。

深く潜っただけあって、今回の稼ぎはかなりでかい。

それに、少々面白いマジックアイテムも手に入った。

戻ったらいろいろと遊んでみよう。

第十七話　魔王様とパーティの名前

地上に戻った翌日、昼営業と夜営業の合間にギルドにやってきて持ち帰ったアイテムを換金してもらった。

その額が凄まじく、ちょっとした騒ぎになっていた。

アダマンタイトなどといったダンジョンでしか手に入らない素材に、高値がついたのが高額になった理由だ。

後ろで並んでいた冒険者も驚愕している。

第三階層以降に潜る冒険者は少ないと聞いていたが、第五階層から先はさらに少ないらしい。

だからこそ、実用性が高いダンジョン素材は高く売れるとのことだ。

挑む冒険者が少ないのも無理はない。水も食料も手に入らない、過酷な環境だった。

受付嬢がにこにこしながら、しかしかなり責めるような目でこちらを見ている。

「ほぼ確実に月間ランキング入りする数字です」

「それがどうかしたか」

「そんなパーティが、ルシルのパーティ（仮）なんて名前でいいわけないいんですっ。あそこに乗るのはみんなの憧れですよっ。模範じゃないと駄目なのです。ぜったい、明後日《あさって》までにパーティの名前を決めてください」

有無を言わせない口調で詰め寄ってくる。

「わかった、その考えてみる」

「もし、考えてこなかったら……」

目が笑っていない、作り笑い。とても怖い。

「どうなるんだ？」

「私が勝手に名前をつけちゃいます。そうですね、ルシルなんて名前ですから、救世魔王の再来とか、そんな名前にしちゃいます」

「やめてくれ……痛々しすぎる」

本人だから、名乗ってもいいようにも思えるが、本人だからこその痛々しさもまた存在する。

仕方ない、真面目に考えよう。

俺だけじゃない、キーアとアロロアにも意見を出してもらわなければ。

なにせ、これは俺の問題じゃなく、俺たちの問題なのだから。

◇

きつね亭に戻り、夜の仕込みをしながら雑談をする。

マサさんは夜にならないと来ないので、仕込みは三人で終わらせないといけない。

「キーア、アロロア、明後日までにパーティ名を決めろと受付嬢に怒られたんだ」

「ああ、もしかして、ランキングに載るからですか」

「よくわかったな」

「あそこに載るの憧れでしたからね。実はワンチャンあるって思ってました」

「それで、ルシルのパーティ（仮）じゃかっこがつかないからさっさと決めてほしいらしい」

「納得。たしかにそれは問題」

「アロロアがそういうことを気にするとはな」

「回答。私自身のことならどうでもいい。でも、ルシル様がだらしない人って思われるのは我慢ならない」

「アロロアちゃんって、ルシルさんのこと大好きですよね」

「……肯定。私はルシル様のことが好き」

アロロアの言葉にキーアが一瞬フリーズした。

こういうふうに真正面から受け止められるとは思っていなかったらしい。

「あはは、そっ、そうだったんですね。そういう気はしていたんですよね」

「宣言。私はルシル様に好きになってもらうように全力を尽くす」

「……その、がんばってください」

「警告。それでいいなら止めない。でも、後悔するなら行動したほうがいい」

キーアが目を見開いた。

「ですね。はいっ、こんな他人事《ひとごと》みたいな言い方だめですね。私もルシルさんが好きです。だから、負けません」

「勝負。負ける気はしない。でも、敵は私だけじゃない。ルシル様の眷属、みんなルシル様が好き、一番になるのはとても難しい」

「うっ、それはきついですね。ものすっごく可愛い子や美人の子ばかりでしたし。でも、がんばります」

なんというか、その会話を俺の前でしていいのか？

気持ちはうれしいのだが。

正直、なんと答えていいかわからない。

俺は仕込みに集中することにした。

「きゃっ、地震ですか」

「疑問。地震なら、ロロアフォンⅧが事前に検知して警告してくれるはず」

「そんな機能まであったのか……っつ、なんだ、これは、この感覚は、いや、ありえない」

最初に湧き上がってきたのは懐かしさ。その次に来たのは不快さ。

この感覚を知っている。

だが、この島に、神の手が届かないように神の箱庭から切り離した、魔族たちの島に、こんな感覚があっていいはずがない。

だが、それを否定できない。

それがどんどん大気に満ちていく。

それはかつて、誰より俺が享受して、そして決別したもの。

……神の祝福。

神の箱庭に満ちる、天使たちの力の源。

そう、ありえないはずなのに。この島すべてが神の箱庭に組み入れられていく。

何度も何度も地震が続く。

その度に、神の祝福が満ちていく。

まずいなんてものじゃない。

今までこの島が陥落しなかったのは、天使たちを撃退できたのは、天使たちの力の源である神の祝福がこの島には届かず、彼らが力を発揮できなかったから。

例外はダンジョンという神の遺産と一体化することで、擬似的に神の祝福を受けた千剣の天使サナドエルぐらいだった。

(このままでは、滅ぼされる。本領を発揮した天使たちがなだれ込んでくれば、いくら魔王軍でもひとたまりもない)

天使というのは、千年前の段階で百体はいた。

おそらく、今はそれより増えている。

一人ひとりの力が俺が苦戦したサナドエルに匹敵する。

そんなものが、百体以上やってくればどうしようもない。

ロロアフォンⅧに着信があった。

ロロアからの連絡だ。

『魔王様、まずいことになっている』

「ああ、肌で感じている」

『すぐに魔王城に来て。世界各地に天使の眷属らしきものが出現してる。一番近い、魔王様の眷属が迎撃に出てる状況。天使と神の祝福については魔王様が一番詳しい。意見がほしい』

天使そのものではなく、天使の眷属?

つまりそれは天使が単独で動いているということか?

「わかったすぐに行く。迎えをよこしてくれ」

『もうしてる。あと七秒で飛空艇が到着する』

そのきっかり七秒後、店の前で轟音。

飛空艇が到着したようだ。

ロロアフォンⅧの通話を終了する。

「聞こえていたな。まずい状況だ。俺は今から魔王城に行く」

「ご一緒します。私はもうルシルさんの眷属です」

「同行。私はルシル様の護衛」

「わかった。ついてきてくれ」

止めはしない。

危険だが、彼女たちだってそんなことはわかってついてくると言ったのだ。

ならば止めるのは彼女たちの覚悟を侮るということに等しい。

俺は飛空艇に乗り込む。

……下手をすれば、いや、下手をしなくてもこのままでは魔族たちは根こそぎ屠《ほふ》られてしまう。

まずは神の祝福がこの地に降り注いだその理由を突き止めなければならない。

第十八話　魔王様と神の箱庭

魔王城の作戦室に入る。

そこには無数のモニターがあり、島の各地の様子が映されていた。

「来たぞ、ロロア」

「んっ、ありがと。今の状況、神々の祝福はどんどん溢れて、島全体を覆った。それで、十一体の天使の眷属が現れて、各地で暴れて、こっちも十一体の眷属が迎え撃ってる」

「だから、ドルクスがいないのか」

「ドルクスはついさっき出撃した。……あれは、私たちじゃないと止められない。無駄死にする」

俺の眷属はキーアを含めて十三人。ということは司令室に残って指示を出しているロロア以外が出払っているということ。

「みんな、苦戦しているか」

「苦戦はしてる。でも、負けてない。相手が神の祝福を受けても、千年、魔王様を二度と失わないよう、鍛え続けた私たちは強い。負けない。だけど」

「天使本人が出たらまずいな。……ライナですら、圧倒できない眷属を従えているということは上級天使。さすがに、神のバックアップで強化された上級天使に眷属が勝てる道理はない」

「んっ、悔しいけどそれは認める。……もし、勝てるとすれば、魔王様だけ。だいぶ存在の力を高めてる、今の魔王様なら、勝てないまでも拮抗できる。魔王様の知識がほしいと言ったのは本当。でも、いつ天使が現れても対処できる備えとして居てほしい」

「俺も、そう思う。俺の眷属は誰一人死なせない」

今も必死に、絶望的な戦いをしている眷属たち、誰一人失ってたまるものか。

「ロロア、勝つために必要なことはなんだ」

「んっ、何をおいても、神の祝福、その流入を止めること」

「同意見だ……なぜ、こんな真似ができたか……」

俺はモニターを俯瞰《ふかん》する。

ありとあらゆるデータがそこにはある。

そして、それを見て違和感があった。

違和感というよりは既視感、この神々の祝福の満ち方、これは、俺が天使だったころ見ていた。ああ、そうだ、まだ神の箱庭にこの地が繋がっていたころと同じ。

そう、まったく同じだ。

もし、外から力を吐出して散布しているのなら、こうはならない。

考えられるのは……。

「ロロア、間違いなく、何かしらの手段で神の箱庭にこの地が繋がっている。根拠は、神の祝福の分布状況が千年前とまったく同じだということ」

「っ!? そういうこと、その仮定から分析、たしかに散布じゃない、大地そのものから湧き出てる……でも、最初だけ、最初だけ偏りがあった。繋がっているのなら、海にも影響が出ているはず。異変がある、神の箱庭の方向に向けて、力場がまるで一本の線のように……場所は深海？」

そこまで聞けば見えてきた。

「まさか、神の箱庭から一本の線を引いて、繋いだ、そして、神の箱庭に繋がれたこの地は、元のように神の支配下にもどった」

「そんなめちゃくちゃ。でも、それしかない」

「ロロア、おまえなら、観測情報から最初に神の箱庭に繋がれた地点がわかるだろう？ 解析を頼む」

「んっ、やってる」

ロロアの情報処理能力は魔王軍一。

材料さえあれば、必ず望む答えを見つけられる。

「見つけた。なら、ここで神の箱庭に繋がる何かを断ち切れば、神の祝福は散るはず」

「それしかないな……他の眷属たちは動けない。なら、俺たちで行くしかないな」

ロロアをここから動かすわけにはいかない。

ロロアの指示、バックアップがあるから、俺の眷属たちは持ちこたえている。

「でも、神の祝福を伝えるようなの、並大抵の火力じゃ壊せない……んっ、キーアの魔殺しの爪なら、散らせて壊せる」

「それしかない」

キーアの力が、そういう力に目覚めたのは運命だったのかもしれない。

なら、早速動こう。

そう思っていたが、事態が急変した。

俺が住んでいる街を映すカメラに天使が現れた。

美形揃いの天使、その中でもなお美形。

神聖さを表す銀が誰よりも似合う美少女。

かつて、俺が育て導いた、誰よりも長い時間を過ごした少女。

天使ラファル。

ラファルが手を掲げる。すると光で文字が描かれる。

その内容は……。

『魔王ルシル、一騎打ちを申し込む。断れば、あなたが住む、この街は灰燼《かいじん》に帰する。猶予は五分』

「魔王様、罠《わな》」

「罠だろうな。だが、行かなければ確実にラファルはそうする……というか、奴の眷属が十一人だったのも罠だろうな。ちょうど、ロロア以外が出払うように調整して、それから満を持して本人が現れた。よっぽど俺を呼び出したいらしい」

ラファルなら、自分の眷属だけじゃなく、その気になれば配下の天使を呼べたはず。

それをしない。というのは、俺が自然に出てくる状況を作るため。

こちらが、魔族たちを諦め、見捨てるという判断をさせない程度には希望を持たせている。

「なおさら、行かせられない」

「いや、行こう」

「魔王様、勝算はあるの？」

「ラファルの罠なら完璧だろう。為すすべはない。千年前のラファルがさらに研鑽《けんさん》を重ねたのなら、あそこにいるのは最高の天使だ。最強じゃない、最高だ。アレの仕掛けた罠なら、完璧に俺を絡め取るだろう」

「なのになぜ？」

「完璧なラファルの作戦だからこそ、前提を間違えてしまえば作戦が瓦解する危険を孕んでいるんだ。残念ながら、彼女はキーアとアロロアのことを知らなかった。新たな眷属と、眷属に匹敵する存在のことを」

ロロアが顎に手をあてる。

「キーアとアロロアはラファルの計算に入ってない。なら、奇襲に使える。魔王様の考えがわかった。相手に罠にハマったと思わせて時間を稼いで、その間に二人が神の箱庭とこの地を繋ぐ何かを破壊……そうすれば、逆転できる」

「そういうことだ。それ以外の手はない。キーア、アロロア、おまえたち二人が頼りだ。魔王軍の未来、預けていいか？」

キーアとアロロアは動揺する。

それはそうだろう。魔王軍の未来、すなわち魔族すべての未来を預かるのだ。

むしろ、ここで即答などしようものなら、俺は彼女たちを信用できない。

「……うん、やります。やってみせます」

「受領。その作戦、完遂する」

いい返事だ。

「んっ、なら、それで作戦を実行。魔王様は天使の足止め……それから、キーアとアロロアは分析で割り出した接続ポイントへ急行。支援として、私のゴーレム兵団を提供する。ご武運を」

ゴーレム兵団はありがたい。

ライナの話では、兵団が結集すればライナにも匹敵する。

それは必ず、キーアとアロロアの力になってくれるだろう。

(ラファル、またおまえと対峙《たいじ》するとはな)

千年前、魔族と天使の最終決戦、あのとき、ラファルに剣を向けるのはあれで最後だと思った。

未《いま》だに俺は覚えている。

俺を剣で貫いたときのラファルの表情を。

彼女は泣いていたんだ。

できることなら、あの子を、俺の弟子をもう泣かせたくはない。

そんな感傷を振り払って、剣を握る。

俺はもう選んだ。魔族《わがこ》らを守ると。

ならばこそ、剣を持って再びラファルと対峙しよう。

再びあの子を泣かせることになっても。

第十九話　魔王様と悲しい再会

高速飛空艇で街に戻る。

すると、俺のもとに天使が降り立った。

「懐かしいな……ラファル」

「ええ、懐かしいわね」

敵対しているというのにラファルの表情は柔らかい。

まるで旧友に向けるかのように。

「前に会ったときのように、何年、何ヶ月、何日、何時間ぶりとは言わないのか？」

「言ってほしいの？　じゃあ、言うわ。千二十二年と三百十四日ぶりね、ルシル」

自嘲気味にラファルが笑った。

「それ、知り合い全員分数えているのか？」

「そんなわけないでしょ。あなただけよ。誰よりも私が憧れて、恋い焦がれて、追いかけた、最古にして最優の天使、あなただけ。あなたがいなくなって千年、未だにあなた以上の天使はいないわ」

「そう言われると照れるな。だが、過剰評価だ。今のラファルは天使だったときの俺よりも優れた天使だ」

見ればわかる。

纏う聖なる気はどこまでも涼やかで流麗。立ち振舞は美しく完璧。人々の理想として生まれた天使、そのさらに理想形。

「そうね、今、私は三聖天なの」

「それはすごいな。大出世だ。おめでとう」

三聖天は、最高の天使に与えられる称号。

かつては俺もその一角だった。

「ありがとう。だからね、それなりの権限もあるの……そう、あなたが降伏して、神の手足になるというのなら、それを認めさせるぐらいにはね」

「そのためにわざわざ、こちらの戦力に合わせて適度に追い込んだわけか。俺を引きずり出すために」

「バレていたのね。ええ、そうよ。わかるでしょう。ここが神の箱庭になった以上、私が本気なら、天使の大群を率いている。今頃魔族の殲滅は終わっているわ」

残念なことにそれは本当だ。

俺たちはラファルの優しさ……いや執着に生かしてもらっている。

「優しいんだな。かつて振り払った手をもう一度差し伸べてくれるのか」

千年前も、ラファルは戻ってこいと言ってくれた。

「ええ、私が好きになったたった一人の天使《ひと》だから、何度でも手を差し伸べるわ」

「そうか……俺の答えは変わらない。神の作ったおもちゃ箱で、人形遊びをするような趣味はない。生き返って、千年後の世界を見て確信したよ。やはり、人は素晴らしい。ぶつかり合い、傷つきながら、それでも前へ進んだ。こんなにも素晴らしい世界を作り上げた。俺は、我が子らが愛おしい！」

この世界に生きて、俺が感じたまごうことなき真実。

どうしようもない悪人もいた、救いようのないバカもいた。罪を犯すものもいる。

神の箱庭から切り離されたこの地では、日々悲劇が生まれている。

ここは理想郷には程遠い。

……だけど、それ以上に素晴らしい。

必死に生きて、自分の力で歩いている子らが愛おしい。

神の力を借りれば、悲劇は起きない。争いのない世界が実現できる。

だが、それは糞《くそ》だ。そんなものは生きていると呼べるものか。

「そう、やはりあなたはそう答えるのね。少しは期待したのだけど」

「それは悪いことをしたな。……一つだけ聞いていいか？　神の箱庭で、人間たちは、唯一神の寵愛《ちょうあい》を受けた人間たちは幸せに過ごしているか？」

「ええ、とても平和に暮らしているわ」

「そうか。覚悟は決まった。やはり、おまえたちに愛しい子らを任せられない」

幸せかという問いに、平和だと答えた。

つまり、今も変わらず神に管理されて生かされているということ。

「最後通告よ。戻ってくる気はないのね」

「くどい」

「そう……じゃあ、仕方ないわね。予め、宣言しておくわ。私はあなたを殺さない。必ず捕まえる。前みたいに逃げられるとは思わないことね」

「対策済みか。優等生のラファルらしいよ」

ラファルはいつもそうだ。

勉強家で、失敗すると必ず対策を立てて同じ失敗を繰り返さない。

前のように殺されても光の粒子にばらけて、復活を待つなんて手は通じないらしい。

もっとも、今回は負け＝魔族たちの根絶。魔族たちに宿ったところで俺も消滅するが。

「捕まえたら、何百年でも、何千年でも、ずっとずっと説得してあげるから覚悟してね」

「それは御免こうむる」

俺は前へ一歩踏み出す。

そして、己の魂から力を引き出す。

俺の肉体が魂の願いに反応して変質する。

在りし日の姿へ、己が知る最強の姿へ、神の手を跳《は》ね除《の》け己の意志で歩むと覚悟を刻んだ姿へ。

漆黒のコートが身を包む。魔力で編まれた魔王装束。

黒い翼が顕現する。

「前から言いたかったことがあるの……あなたに黒は似合わない」

「そうか、俺は気に入っているんだがな」

微笑し、剣を抜く。

それに応えるように、ラファルも剣を抜いた。

相対する構えは同じ。

なぜなら、ラファルに剣を教えたのは俺だ。

……さて、もう少し会話で時間を稼ぎたいところだが、限界のようだ。

勝つのは不可能。

俺は何分もつだろう？

キーアと、アロロア、あの二人を信じよう。

これは俺とラファルの戦いじゃない。
俺たちとラファルの戦い。
その前提をラファルが見落としている。
唯一、それこそが俺たちの勝機だ。

第二十話　キーアとアロロアのミッション

魔王形態に戻り、感覚が鋭敏になっていく。

力が満ちていく。取り込んだ存在の力が以前よりも多くなり、さらには変身が二度目で、新たな肉体がより魂に馴染んでいることもあり、前回とは比べものにならないほど強くなっている。

（やばいな）

ラファルは千年前より遥かに強くなっている。

そして、神の力を存分に受けていた。

この前戦ったサナドエルが可愛く思えてくる。

真っ向から勝負すれば、数分で終わるだろう。

（仮に、全盛期の俺であっても厳しいだろうな）

素のスペック自体は互角でも、神のバックアップというのはあまりにも大きい。

だからこそ、時間稼ぎに徹する。

展開した黒い翼で飛翔《ひしょう》。

まずは、街から離れる。

ここで戦えば、どれだけ被害が出るかわからない。

驚いたことに、人気のないところに出るまで、ラファルは攻撃してこなかった。

「いいのか、今のはチャンスだった」

俺を背中から撃てた。

ラファルのほうが速い。

俺の全力にまったく息を乱さずに張り付いてきた。

「私、ルシルに言い訳させる気がないの……魔族を巻き込むのが嫌で本気を出せなかったなんて、言わせない。心を完全にへし折ってから捕らえるわ」

圧倒的強者ゆえの余裕。

ありがたい。

容赦なく付け込ませてもらおう。

「そうか」

「それより、もう始めてもいいのかしら？」

「ああ……。いや、一つだけ条件をつけさせてもらえないか？」

これは時間稼ぎであり、今後の展開を考えての布石。

「聞いてあげるわ」

「この戦い、敗者は勝者の命令に従う。どれだけ受け入れがたいことでもな」

「へえ、いいわね。もし、私が勝てば、あなたに天使に戻って魔族を皆殺しにしろと命じる……それでもいいのかしら？」

「ああ、俺に勝てたら従ってやる」

「それは……とても、素敵ね」

妖艶な笑みで、ラファルは唇を舌で舐《な》める。

「受けてくれるか？」

「ええ、いいわ。でも、逆に聞かせてもらえないかしら？　もし、ルシルが勝てば私に何をさせる気かしら？」

その答えは決まっている。

そう、それは……。

「堕天して、俺の元へ来てもらう。ともに、我が子らが作った世界を守ってもらおう」

ラファルが目に見えて動揺する。

「どうして、そんなことを」

「ラファルと戦うのはこれで最後にしたい。もう、おまえの泣き顔を見るのはごめんだ。……千年前、唯一、たった一つだけ後悔がある。ラファルを泣かせてしまったことだ。この約束があれば、勝っても負けても、ラファルは泣かずに済む」

ラファルが泣きそうな顔をして、それから唇を噛《か》み締《し》めた。

「……あなたがそんな人だから、忘れられないの。ひどいわね。でも、いいわ。ええ、戦いましょう。条件とやらはこれだけかしら？」

「そうだ、これだけだ」

「そう、なら決着をつけましょう」

ラファルが羽撃《はばた》いた。

剣を構えながら、わずかに勝率が上がったことを喜ぶ。

戦いにおいて心というのは重要だ。

俺はこの条件でラファルの心を縛った。

……ラファルの願いは、俺と共にいたいというもの、俺への想いが痛いほど伝わってくる。

俺が、この条件を出したことで、彼女は今、負けてもいいと思ってしまった。

勝っても負けても、ラファルは俺と共にいられる。

そして、戦いにおいて、勝っても負けてもいいと、たとえ一欠片《かけら》でも思ってしまえば終わりだ。

著しく、戦意は落ち、技は鈍る。

さらに言えば、勝てば俺を手に入れられると明言したことで、より俺を殺してしまうことができなくなった。

もとより、俺を捕らえるつもりだと言っていたが、その縛りをより強くできる。

殺すよりも、無力化するほうが数段難しい。

これは彼女の恋心につけこむ卑劣な手。

なれど、俺はためらわずに実行した。

俺の良心の痛み、それだけで魔族たちを、俺の眷属を、俺のパーティを守れるならどんな卑劣な手でも使おう。

(そして、ラファル。おまえの心を利用した償いは必ずする)

ラファルの剣を迎え撃つ。剣と剣がぶつかり、俺がピンポン玉のように吹き飛ぶ。

追撃の魔力弾が迫ってくる。即座に威力と侵入角度を計算。七発のうち、二発を回避、躱しきれない一発を最小の力でもっとも効率的にそらすために魔力弾を発射。

しかし、そらしきれずに掠《かす》って、魔王服の袖が防御結界ごと持っていかれる。

(七発の連続弾、その一発をそらすことすら満足にできないか)

やはり、力の差は歴然。

神の祝福が満ちているうちは勝負にならない。

……キーア、アロロア、急いでくれ。彼女たちが神の箱庭との繋がりを断つのが先か、ラファルが俺を倒すのが先か、これはそういう戦いだ。

◇

～キーア視点～


キーアとアロロアは飛空艇、それも数少ないステルス型というものを使っている。

そのおかげで、天使たちに気付かれず、目的地。神の箱庭との接続点付近まで来れた。

飛空艇から出て、キーアは周囲を見渡す。

「うわあ、人間さんがいっぱいいます。あれって強いんですか」

「回答。あれは人工英雄。あそこにいる百六十人、その一人ひとりが、こっちでいう冒険者のトップクラスと同等」

「あの、人工英雄ってどんなのですか？」

「要約。神の試練、こちらではダンジョンと呼ぶ。その魔物を倒すと強くなれる。向こうでは、天使が人間を連れていき、止めだけ刺させる。安全に大量の人間に、魂の容量いっぱいまで存在の力を注ぐ」

「それってずるいです」

「同意。でも、弱点はある。そうやって餌を与えられて太っているだけ。だから、力が強いだけの無能……でも、あれも神の祝福をわずかながら受けて、強化されてる。真っ向から挑めば死ぬ」

一体一体が、眷属としての力を封印したキーアと同格。それが百六十人。

どう計算しても勝ち目はない。

「まずいです。あれ、どうするんですか」

「待機。もうすぐ、増援が届く。それより、神の箱庭との接続点はわかる？」

「はい、ばっちり見えます。その、ルシルさんの眷属になったおかげで、神の祝福っていうのが見えるんです。あそこですよね」

キーアが指差したところをアロロアが見て頷く。

アロロアもまた、ルシルの因子を身体に取り込んでおり、それが感じられる。

「驚愕。並の守りじゃない。接続点の結界、あれは本来なら、ライナ様クラスの超火力概念攻撃じゃないと撃ち抜けない。私のイミテート・ファミリアでやる劣化版じゃ駄目。キーアだけが頼り」

「任せてくださいっ。たどり着ければ、この爪で切り裂いてみせます」

「了解。キーアを信じてる。だから、キーアも私を信じて、どんな手を使っても、キーアをそこまで送り届ける。だから、キーアは、すべての力をただ一撃にかけて……じゃないと、あれは貫けない」

「わかりました。信じます。一発、ぶちかます以外のことは考えません」

少女たちは頷き合う。

この二人には絆と友情が生まれていた。

「集中。来た。もうすぐ敵に隙が生まれる」

アロロアが空を見上げる。

そこには大型飛空艇があった。

だが、無数の矢、無数の魔術、それどころか人工英雄たちは飛行までできるようで、あっという間に大破、黒煙をあげつつ墜落していく。

「そんな、駄目ですっ」

「集中。あれは大丈夫、壊れるのが仕事。ちゃんと荷物は届けた」

空中で、大型飛空艇が爆発。

そして、無数のコンテナが落下していく。

それらが空中で展開、全長三メートルほどの金属製ゴーレムが次々に姿を現し、全身から魔力光が溢《あふ》れ出《だ》す。

その数、八十八体。

これこそが、至高の錬金術師ロロアが誇る、最強のゴーレム兵団。

着地と同時に、次々と人工英雄たちに襲いかかる。

一騎当千、トップランカーの冒険者にも匹敵する人工英雄を圧倒していく。

周囲は大混乱。

アロロアはキーアの前に出て、全力で演算を始める。

ゴーレム兵団は圧倒はするが勝てはしない。

敵は神の祝福を受けて、半不死身。

だが、ゴーレム兵団の内蔵魔力には限界がある。

始めから、ゴーレム兵団の目的は道を作ること。アロロアは自身の本体であるスーパーコンピュータに接続し、演算によって十秒先の世界を見る。

ダンジョンでは使えない、奥の手。人であり機械でもある、アロロアだからこそ可能な技。

「完了。見えた、キーア、私の後ろを全力でついてきて、振り返るな、前だけ見て」

「わかりました」

その言葉の三秒後、アロロアは走る。

百六十人いる、人工英雄、そのすべての死角を見出《みいだ》したのだ。

ただ、全力で走っているだけなのに、誰一人気付けない。

無数の流れ弾は何一つ当たらない。

そこしかない、唯一の安全地帯。そこを走る。

だが、アロロアは知っている。あと二秒足りないと。

そして、ここからどれだけ待っても、これ以上の好機はないとも。接続点まで、後二秒足りない。

そこでアロロアは己の切り札を開放する。

注射器を首筋に打ち込んだ。

「イミテート・ファミリア。モード：フェル」

アロロアに、白銀の狼《おおかみ》耳と尻尾が生えた。

魔王の因子を持つホムンクルス、そのアロロアは眷属の血を取り込むことで、その力を振るう。

わずかな時間だけ為し得る、擬似眷属化。

アロロアが選んだ、フェルは天狼。

その能力は時間の支配。

本家であれば、自身を中心に百メートルほどを一分も止めてしまう。

だけど、劣化版であるアロロアは三秒が限界。

だからこそ、己の演算で未来を見て、その三秒を活かせる瞬間を見つけた。

キーアの裾を掴む。

能力発動時に、触れているものは時間の停止に巻き込まれない。

「【時間支配者《アイオーン》】」

能力が発動する。

世界が色を失い、人工英雄もゴーレムもすべて動きを止める。

そんななか、少女二人だけが疾走。

海岸を飛び、海の上へ。

アロロアはキーアを上空に投げる。

……もう一つ仕事がある。

接続点は海底の奥深く。

海面から攻撃を放ったところで、さほど意味がない。

アロロアは約束したのだ、道を作ると。

これから行うのは最後の仕上げ。

時間停止が終わる、世界が色を取り戻す。世界がまた歩み始める。

アロロアが血を吐く。

元の姿に戻る、時間支配は他の能力より遥《はる》かに負荷が大きい、もし魔王の因子を増やしていなかったら、アロロアは死んでいた。

あの日のキスが、アロロアの命を繋いだ。

だから、さらなる無茶ができる。

アロロアは新たな注射器を首に打ち込んだ。

「イミテート・ファミリア。モード：ルル」

アロロアの髪が海の青に染まる。

新たなるイミテート・ファミリアで選んだのは、異界の歌姫、ルルイエ・ディーヴァのルル。

その能力は空間支配。

「【空間拡張《ハイドラ》】」

海に己が作った空間を割り込ませる。

それにより、水が押しのけられ、深海までがその姿を現す。

それは明らかにキャパオーバー、一瞬で眷属化が強制解除。半死半生、もとより二度目のイミテート・ファミリア自体が無茶だったのだ。もう、アロロアの機能はほとんど停止した。

「いけっ、キーアっ！」

それでもアロロアは叫ぶ。

ロロアに勧められて、まだ言葉がうまく発せられないときにアドバイスを受けてやっていた口ぐせも忘れて、ただ叫んだ。

血を吐きながら、すべての想いを込めて。

もう自分は何もできないから、出し尽くしたから、友にすべてを託す。

あの人を死なせないために。

「任されましたっ！」

上空からキーアが落ちてくる。

封印を解き、眷属としての力を表しながら、落ちながら空気を蹴り加速。

すべての魔力を、すべての力を魔殺しの爪に込めて、その視線はただ一点。

神の箱庭から伸びてきた、幾重の守りが重ねられたケーブル。竜の首よりも太いそれに、天使たちが絶対の自信を持って強化し尽くしたそれに挑む。

「はあああああああああああああああああああっ！」

爪が肥大化、筋肉が盛り上がる。

感情が実力以上の力を引き出す。

失敗してなるものか、友達が、同じ人を好きになったもの同士が、あそこまでやってくれたんだ。

アロロアが作ってくれた道を無駄にしてなるものか。

それに、なにより、胸を張ってあの人に会いたい。

だから……。

「壊れろおおおおおおおおおおおおおおおおおおお！」

爪がケーブルにぶつかる。

幾重もの守りを次々と剝ぎ取っていく。すべての魔を切り裂くそれも、ケーブルを守る結界はあまりにも力の桁が違い、遅々として進まない。

だから、さらに押し込む。

駄目でしたなんて、認めない。

「はああああああああああああああああああああ！」

叫びと共に、己のすべてを魔力だけじゃない、魂を想いを全部引き出して。

そのとき、キーアの身体が輝いた。一瞬、いや刹那の光だった。

それは、ライナとの戦い、最後の最後に頬一枚を切り裂いたときにも出たもの。あのライナですら認識できなかった、隠されたキーアの力。

それが、届かないはずの爪を届かせた。

ケーブルが断たれる。

世界が揺れる。

眷属状態のキーアにはわかった。

「私、ちゃんとやれたんですね」

今、この瞬間から魔族の島は神の箱庭から切り離された。

上を見る。ぐったりしたアロロアが落ちてきて受け止める。

「アロロアちゃん、大丈夫ですか？」

「否定。生きてるのが不思議。放っておけば、あと七分の命」

「って、ものすごくやばいじゃないですか」

「肯定。でも、やばいのはキーアも一緒。ここ、海底二千メートル、あと四十秒で水が押し寄せる。キーアの身体でも、深度二千メートルの水圧には耐えられない」

「……まあ、そうですよね」

「意外。怒らないの？」

「そんな気はしていたし、アロロアちゃんなら、いろいろと考えて、こうするしかなかったって結論出したって思えますから……まあ、いいじゃないですか。私たちはルシルさんの期待に応えられました」

「訂正。このままじゃやばいだけで、このままで済ませるつもりはない。勝手に、悲壮な感じは出さないでほしい」

海面から、青い影が降りてくる。

それは翼を有したゴーレム。飛行型ゴーレムだ。

「到着。ちゃんと、帰りのことも考えてる。このまま、魔王城まで運んでもらう。人工英雄たちは、神の祝福を失って不死身でもなんでもなくなる。放っておけば、適当にゴーレム兵団がぼこぼこにしてくれる。私たちのお仕事はおしまい」

「……わざとですよね。ぜったい、わざと言いませんでしたよね！　なんで、そんな急に意地悪したんですか」

「心外。別に私は、美味しいところを持っていかれた腹いせとかしてない。私は眠る。文句は起きてから聞く」

そう言うとさっさとアロロアは目を閉じた。

キーアは怒ろうとして、それから表情を緩ませて、アロロアを抱きかかえたまま、飛行型ゴーレムの腕の中へ。

自分たちはルシルの期待に応えた。

だからきっと、ルシルも自分たちの期待に応えてくれるだろう。

そんな確信を持ちながら。

エピローグ　魔王様と天使

俺は満身創痍《そうい》の状態で立ち尽くしていた。

杖《つえ》代わりにしている剣は折れており、魔王装束はもうほとんど意味をなさないほど破壊され、骨は何箇所か折れ、魔力で無理やり固定して動かしている。裂傷の数を数えるのはバカらしい。

大きな傷は焼いて強引に血を止めた。

「いい加減、ギブアップしてもらえないかしら。これ以上やると殺さない自信はないわ」

そんな俺に対して、ラファルはほぼ無傷、頬にかすり傷があるぐらいだ。

「そう言うな……俺はまだ立っている」

本当に条件をつけておいてよかった。

殺すだけなら、彼女はもっと前にできていただろう。

三千人分の魔族の知識・記憶・戦闘技術で技量は勝っている。だが、それでも出力差がありすぎる。

例えば梃子《てこ》の原理を用いれば、加えた力の数倍の重量をあげることができる。だが、千倍、万倍になるとどうしようもない。

技量ではどうにもならないほどの差が、俺と神の祝福を受けたラファルにはあった。

土魔術で剣を生み出す。

あまりにも不格好。

「ふう、がっかりね。そこまで弱くなっているなんて」

「それは悪かった。だが、ここからだ」

そう、ここからだ。

必ず、勝機はくる。

そのときのために、力を温存しているのだから。

そのときのために、ほとんど消耗しない程度の力しか出さず、魔王化の維持をしているのだから。

そのときのために、歯を食いしばって立っているのだから。

「もう飽きたわ……そうね、できるだけ取り返しのつかないことはしないつもりだったけど、両手両足をもらおうかしら？　この剣で」

ラファルの持つ剣は神剣。

これに斬られれば魂が、断たれたと認識する。

手足を断たれれば、二度と再生することはない。

「それは困るな」

俺は、会話をしながら詠唱していた魔術を発動する。

とある天才魔術師が編み出した、隠蔽《いんぺい》詠唱。

一度きりの不意打ち。

それは、光学系の魔術。光の速さと常識外の貫通力を持つ魔術。

指先ほど、直径にして一センチにも満たない。逆に言えば、そこまで魔力を圧縮したということ。

それで心臓を撃ち抜いた。

いくら、ラファルだろうと奇襲かつ、光の速さであれば反応できない。

「ぐふっ、さすがね、ルシル。この状況で一矢報いるなんて。心臓は天使の弱点、生命の象徴、ここを砕かれれば命を落とすわ……そう、神の祝福がなければ」

撃ち抜かれた心臓が再生していく。

神の祝福のおかげだ。

だが、天使の唯一の弱点であるそこは再生に時間がかかる。

ラファルは真剣味を増し、剣を振るってくる。

もう、油断はなくなった。

取り返しのつかない一撃を放ってくる、物理的に俺が動けないようにするために。

手足を切り落として、喉を潰されれば、動けず魔術も詠唱できない。完全なる詰み。

なれど……。

「ようやく、斬り合えるな」

明らかにラファルの力が弱まっている。

それでもまだ俺より遥か上。

だけど、技量差で拮抗できるようにはなった。

ここぞとばかりに、あえて抑えていた力を引きずり出す。

「まさか、あなた、今、この瞬間まで力を抑えて、私の油断を誘って」

「格上との戦い方は教えたはずだ」

心臓を狙った奇襲。いくら、詠唱を隠せるとはいえ、いつものラファルなら気付いたはずだ。

あまりにも大きな力の差、半死半生の俺、この戦いで俺が晒した無様さ。

それがあの心臓を狙う奇襲を成功させた。

ここが最後のチャンス。

ここで決めれなければ……。

俺は全力を出す。

俺の目論見《もくろみ》は一つ、もう一度心臓を壊す。そしてさらに相手のスペックを落とし、神の祝福で再生しきれない速度で壊し続ける。

それから、キーアたちが接続点を壊せば拘束する。

始めから、そうなるように俺は戦っていた。

回転数を増す。

俺が壊れた身体で動けているのは、傀儡子《くぐつし》と呼ばれた魔術師が作り上げた技術。

己の肉体に魔力の糸を張り、己の骨を魔力で補強し、己を傀儡として、実力以上の力を引き出す、超絶技巧。

ならばこそ、血を失い力が入らない身体で、骨があちこち折れて自重すら支えられない身体で、今もなお剣を振れる。

押している、俺の経験によって培われた直感が勝利を確信する。

あと四合、四回剣をぶつけ合えば、心臓に剣が届く。

その予測を現実が追いかける。

一合、受け流し。わずかにラファルの体勢が崩れる。

二合、追撃。体勢が崩れたところに剣を加え、押し込むようにすることでさらにバランスを崩させる。

三合、連撃。バランスを取り戻そうという動き、それを利用して戻す方向にさらなる力を加える。燕返《つばめがえ》しの応用で武器を弾《はじ》き飛《と》ばす。

四合、刺突。がら空きになった心臓を剣で貫く。

三合までは計算通りだった。

詰ませた。

勝利を確信し、その次の瞬間、俺の剣を持った腕がくるくると宙を舞い、血が吹き出る。

ありえない、あんな体勢から、間に合うはずが。

(ああ、そうか)

心臓の修復が終わった。

ラファル本来の力を取り戻したんだ。

あと一秒、いや、あと〇・二秒修復が遅れれば勝っていたのに。

俺の負けだ。

こうなれば、もう時間稼ぎすらままならない。

もう一枚残した手札、あれはキーアたちが接続点を壊して初めて意味があるもの。

敗北を覚悟する。

「ルシル、あなたはやはり私の憧れで、目標だったわ」

ラファルが崩れ落ちようとする俺に向かって剣を振り下ろす。

なんだ、ようやく本気になったのか。

……悔しいな。

……悔しいよ。

……諦めたくない。

剣が俺の身体に吸い込まれる、そのときだった。

来たっ！

「きゃっ」

ラファルが爆風で吹き飛ばされる。

これは攻撃じゃない。俺の力が圧倒的に高まった余波。

ぎりぎり、間に合った。

「キーア、アロロア、よくやってくれた。おかげで、最後の切り札が切れる」

俺の傷がみるみる修復されていく。

右の翼が白く染まる。

ラファルに切断された腕から光が放出されて腕が再生する。神剣で斬られた傷は再生しない……なれど、より上位の天使であれば上書きが可能。

折れた骨が次々に繋がり、深々と刻まれた裂傷が消え、火傷《やけど》が癒えていく。神の祝福、天使の超再生能力。

「なんなの、なんなのよ、その姿は！」

「お望み通り、天使に戻ったんだ。半分だけな」

黒い翼と白い翼を併せ持ち、髪は白銀と黒のメッシュ。

さらには虚空へと手をのばす。

そこから引き出すのは、俺が天使のときに使っていた、俺だけの剣。

神から賜った最強の剣、聖剣カラドボルグ。

もっとも神に愛された天使である証《あかし》だ。

「まさか、魔王のまま、天使の力を引き出したというの」

「そういうことだ」

カラドボルグで斬りかかる。

ラファルが剣で受けた。その剣に一撃で罅《ひび》が入る。

神剣としての格が違う。

そして、今の俺は魔王として積み重ねた力に、天使の力が乗った。

「早々に決めさせてもらう」

この力が使えるのは数秒だけ。

俺は堕天したとはいえ天使だ。

ゆえに、神の祝福を受け入れようと思えば受け入れられる。

それは猛毒だ。その力は俺を貪る。俺の魂の深いところを蹂躙《じゅうりん》している。こうしている今も、業火で内側から焼かれているような苦痛の中にいた。

だが、猛毒ではあっても力だ。

「なんで、それを今まで」

このカードを残した理由を問いかけてきたが、答えない。

もはや会話に回すエネルギーすら惜しい。

……俺が今、この瞬間まで温存したのは、神の祝福が満ちていれば、お互い、再生能力があり戦闘が長引くからだ。

そうなれば、猛毒を取り込んでいる俺が勝手に自滅する。

だからこそ、このカードが使えるのは接続点が破壊された瞬間、接続点が破壊されて、大気中に満ちている神の祝福が消えるまでの数秒。

この間に、勝負を決める一撃を決め、神の祝福が消えたラファルを再生できなくする。

そんなシチュエーションじゃないと意味がなかった。

剣を振るう度、ラファルの剣に罅が入り、ついにはへし折った。

動揺するラファルの首を左手でつかみ、片手で地面に叩きつけ、そして右手で神剣をラファルの心臓めがけて振り下ろし、皮一枚のところで止める……いや、止めてしまった。

そこから一拍おいて、接続点を壊されても残留していた神の祝福が消える。

俺の翼が散っていく。黒い翼も白い翼も。

天使化どころか、魔王化すら維持できない。

今の俺はただのルシルだ。

組み伏せたラファルは全身の力を抜いて、薄く笑っていた。

「俺の勝ちだ」

「何を言っているの？　もう、魂が死にかけじゃない。身体も剣を握ってるので精一杯。身体を起こすこともできないじゃない」

「負けを認めてくれ……俺はおまえを殺せた」

「でも、殺さなかったわ。わかっていたでしょう、あの瞬間、神の祝福が消える刹那。あそこで心臓を砕かないと、その数秒あとには負けるって。私はほとんど無傷で、あなたは半死人。もう、何が起こっても逆転はない」

その言葉は正しい。

空っぽだ、もう何も残ってはいない。魔力も魔王の力も、何もかも。

「そうだな」

「ねえ、どうして殺さなかったの？」

「殺せなかったんだ。……止めを刺そうとしたとき、あのときの千年前の、ラファルの泣き顔が、蘇って。俺はもう、ラファルを泣かせたくないって。おかしいよな、ここに来る前はラファルを泣かせてでも、殺してでも魔族たちを守らないといけないって思ってたのに……最後の最後にラファルを失いたくないって想いが溢れた」

「そんな昔のこと覚えていたのね……そう、そうなのね」

大きく息を吸って、妙に晴れやかに笑って、再び口を開く。

「ふうっ、わかったわ、私の負けよ。だって、命をかけて、私を信じてくれたもの。私の魂が負けを認めた……約束通り、堕ちるわ。これからは、また一緒よ」

ラファルの天使の翼が散る。

空中に舞い踊る白い翼はどこまでも美しかった。

「やっとわかったの。私は、あなたを魔族に取られて悔しかっただけ……だから、取り戻したかった。不思議なものね、私を思い続けてくれたって、そう思えただけで、もうどうでも良くなった。私は始めから、あなたを失ってなかった。だからもう、他はどうでもいい」

ラファルが俺を抱き寄せる。

天使じゃない、ただのラファルが。

そして、口づけをしてきた。

懐かしいな、ラファルとの口づけは。

あのころは、家に帰る度にそうしていた。だからだろう、自然にある一言がこぼれた。

「ただいま、ラファル」

「おかえり、ルシル」

俺たちは笑い合う。

千年前、いや、魔族を守ると決めたのはそのさらに五百年前。

千五百年分のすれ違いがようやく終わった。

「いきなりで、悪いが、あとは頼んだ」

もう限界だ。

あとのことはラファルに任せよう。

ロロアはたぶん、経緯を見ていたはずだ。眷属たちやキーアにもうまく伝えてくれるだろう。

天使の力を使った代償は大きい。

だけど、なんとなくだが、なんとかなる気がした。

だって、かつて誰よりも信頼したラファルが、これからは側にいてくれるのだから。

電撃の新文芸

異《い》世《せ》界《かい》最《さい》強《きょう》の大《だい》魔《ま》王《おう》、転《てん》生《せい》し冒《ぼう》険《けん》者《しゃ》になる2

著者／月《つき》夜《よ》 涙《るい》

イラスト／ヨシモト

2020年10月17日　初版発行

発行者／青柳昌行
発行／株式会社ＫＡＤＯＫＡＷＡ
〒102-8177　東京都千代田区富士見2-13-3
0570-002-301（ナビダイヤル）
印刷／図書印刷株式会社
製本／図書印刷株式会社

【初出】……………………………………………………………………………………………
小説投稿サイト「小説家になろう」(https://syosetu.com)に掲載されたものに加筆、修正しております。

ISBN978-4-04-913492-6　C0093　Printed in Japan

ファンレターあて先
〒102-8177
東京都千代田区富士見2-13-3
電撃文庫編集部

「月夜 涙先生」係
「ヨシモト先生」係

ステラエアサービス

曙光行路

著／有馬桓次郎
イラスト／よしづきくみち

緋色の翼が導く先に、
はるかな夢への
針路がある。

　亡き父に憧れ商業飛行士デビューした天羽家の次女“夏海”は、高校に通う傍ら、空の運び屋集団・甲斐賊の一員として悪戦苦闘の日々をスタートさせた。

　受け継いだ赤備えの三式連絡機「ステラ」を駆り、夢への一歩を踏み出した彼女だったが、パイロットとして致命的な欠点を持っていて——。

　南アルプスを仰ぐ県営空港を舞台に三姉妹が営む空の便利屋「ステラエアサービス」が繰り広げる、家族と絆の物語。

超世界転生エグゾドライブ01

―激闘！　異世界全日本大会編―〈上〉

一番優れた異世界転生ストーリーを決める！
世界救済バトルアクション開幕！

　異世界の実在が証明された20XX年。科学技術の急激な発展により、異世界救済は娯楽と化した。そのゲームの名は《エグゾドライブ》。チート能力を４つ選択し、相手の裏をかく戦略を組み立て、どちらがより迅速により鮮烈に異世界を救えるかを競い合う！　常人の9999倍のスピードで成長するも、神様に気に入られるようにするも、世界の政治を操るも何でもあり。これが異世界転生の進化系！　世界救済バトルアクション開幕！

著／珪素
イラスト／輝竜 司
キャラクターデザイン／zunta

電撃の新文芸

異修羅I

新魔王戦争

全員が最強、全員が英雄、
一人だけが勇者。“本物”を決める
激闘が今、幕を開ける——。

魔王が殺された後の世界。そこには魔王さえも殺しうる修羅達が残った。一目で相手の殺し方を見出す異世界の剣豪、音すら置き去りにする神速の槍兵、伝説の武器を三本の腕で同時に扱う鳥竜の冒険者、一言で全てを実現する全能の詞術士、不可知でありながら即死を司る天使の暗殺者……。ありとあらゆる種族、能力の頂点を極めた修羅達はさらなる強敵を、“本物の勇者”という栄光を求め、新たな闘争の火種を生みだす。

著／珪素

イラスト／クレタ

魔女と少女の愛した世界

著／浅白深也
イラスト／海島千本

捨てられた幼子×怠惰な魔女の
不器用で愛しい共同生活。

町外れの森に住む魔女エリシア。ある日、彼女が家に帰ると、薄汚れた服を身につけた人間の幼子が食料棚を漁っていた。手には、朝食用にとっておいたミルクパン。

腹はたつが、殺すのもめんどくさい。だが、高値で少女を売ろうにも、教養を身につけさせねばならない。そのため仕方なく少女と暮らしはじめたエリシアだったが——。

これは、嫌われ者の魔女と孤独な少女の愛と絆の物語。

由比ガ浜機械修理相談所

第25回電撃小説大賞《読者賞》受賞作
君に、幸せになってほしい。
でも、僕は——

二〇二三年の夏。無職の冴えない僕は、ふとしたきっかけで由比ガ浜に「機械修理相談所」を開いた。ある日、閑古鳥が鳴く相談所を、美しい女性が訪ねて来る。青空の瞳を持つ彼女は、かつての勤務先で作られたアンドロイド「ＴＯＷＡ」だった。

彼女の依頼は新しいオーナーを僕に見つけて欲しいというもの。それまでの間、共同生活を送ることになった僕は、彼女の優しさに惹かれていき——。

著／斉藤すず
イラスト／ryuga.

電撃の新文芸

Unnamed Memory Ⅰ

青き月の魔女と呪われし王

著／古宮九時
イラスト／chibi

**読者を熱狂させ続ける
伝説的webノベル、
ついに待望の書籍化！**

「俺の望みはお前を妻にして、子を産んでもらうことだ」
「受け付けられません！」
　永い時を生き、絶大な力で災厄を呼ぶ異端——魔女。強国ファルサスの王太子・オスカーは、幼い頃に受けた『子孫を残せない呪い』を解呪するため、世界最強と名高い魔女・ティナーシャのもとを訪れる。“魔女の塔”の試練を乗り越えて契約者となったオスカーだが、彼が望んだのはティナーシャを妻として迎えることで……。

電撃の新文芸

傷心公爵令嬢レイラの逃避行 上

著／染井由乃
イラスト／鈴ノ助

溺愛×監禁。婚約破棄の末に逃げだした公爵令嬢が囚われた歪な愛とは——。

　事故による２年もの昏睡から目覚めたその日、レイラは王太子との婚約が破棄された事を知った。彼はすでにレイラの妹のローゼと婚約し、彼女は御子まで身籠もっているという。全てを犠牲にし、厳しい令嬢教育に耐えてきた日々は何だったのか。たまらず公爵家を逃げ出したレイラを待っていたのは、伝説の魔術師からの求婚。そして婚約破棄したはずの王太子からの執愛で——？

電撃の新文芸

隠居勇者は売れ残りエルフと余生を謳歌する

疲れた元勇者が雇ったメイドさんは、
銀貨３枚の年上エルフ!?
美人エルフと一つ屋根の下、
不器用で甘い異世界スローライフ！

著／逢坂為人
イラスト／淡雪

　魔王を討伐した元勇者イオンは戦いのあと、早々に隠居することを決めたものの、生活力が絶望的にたりなかった……。そこで、メイドとして奴隷市場で売れ残っていた美人でスタイル抜群なエルフのお姉さん、ノーチェさん、ひゃく……28歳を雇い、一つ屋根の下で一緒に生活することに！　隠居生活のお供は超年上だけど超美人なエルフのお姉さん！　甘い同棲生活、始めました！

電撃の新文芸

リビルドワールドI〈上〉

誘う亡霊

電撃《新文芸》スタートアップコンテスト《大賞》受賞作！
科学文明の崩壊後、再構築《リビルド》された世界で巻き起こる
壮大で痛快なハンター稼業録！

旧文明の遺産を求め、数多の遺跡にハンターがひしめき合う世界。新米ハンターのアキラは、スラム街から成り上がるため命賭けで足を踏み入れた旧世界の遺跡で、全裸でたたずむ謎の美女《アルファ》と出会う。彼女はアキラに力を貸す代わりに、ある遺跡を極秘に攻略する依頼を持ちかけてきて――!?

二人の契約が成立したその時から、アキラとアルファの数奇なハンター稼業が幕を開ける！

著／ナフセ
イラスト／吟
世界観イラスト／わいっしゅ
メカニックデザイン／cell

電撃の新文芸